Macht hoch die Tür, der Baum ist groß.
24 humorvolle Geschichten.
Der Adventskalender

Macht hoch die Tür, der Baum ist groß

24 humorvolle Geschichten

Der Adventskalender

benno

Bibliografische Information der Deutschen Nationalbibliothek
Die Deutsche Nationalbibliothek verzeichnet diese Publikation in der Deutschen Nationalbibliografie; detaillierte bibliografische Daten sind im Internet unter http://dnb.d-nb.de abrufbar.

ISBN 978-3-7462-6847-7

Zusammenstellung: Volker Bauch, Gößnitz
Cover: © stock.adobe.com/Elada VasilyevaimageBROKER;
Illustrationen: © stock.adobe.com/ONYXprj
Umschlaggestaltung: Bon Fernádez Engler, Leipzig
Gesamtherstellung: Kontext, Dresden (A)

Inhalt

1 S. 6
2 S. 14
3 S. 18
4 S. 22
5 S. 25
6 S. 35
7 S. 43
8 S. 47
9 S. 52
10 S. 55
11 S. 58
12 S. 61
13 S. 65
14 S. 68
15 S. 74
16 S. 79
17 S. 82
18 S. 86
19 S. 91
20 S. 98
21 S. 105
22 S. 111
23 S. 114
24 S. 115

1

Ein Rentier sucht Weihnachten

Christian Seltmann

Ralf-Rüdiger war auf der Suche nach Weihnachten. Bis zum Heiligen Abend musste er es finden. Was er über Weihnachten wusste, war nicht viel, aber er hatte es sich aufgeschrieben:

„Erstens: Weihnachten ist das Fest des Friedens."

Dichter Nebel kam auf.

„Zweitens: Weihnachten ist das Fest der Freude."

Es begann zu regnen.

„Drittens: Weihnachten ist das Fest der Liebe."

Ralf-Rüdiger latschte in eine Pfütze.

Das fängt ja gut an, dachte Ralf-Rüdiger und steckte den Zettel weg, bevor der durchweichte. Seine Hufe waren aufgequollen wie Schwimmflügel, und sein Fell war nass wie Torfmoos. Tropfend kam er zu einer kleinen Hütte.

Ralf-Rüdiger pochte an die Tür.

Nach einer Ewigkeit ging sie auf.

Vor ihm stand ein bezauberndes Rentier-Mädchen.

„Hallo."

„Hallo."
„Ähm", sagte Ralf-Rüdiger.
„Komm doch rein", sagte das Mädchen. „Du wirst dich erkälten."
Ralf-Rüdiger sah sich um.
„Wohnst du ganz allein hier?", fragte er.
Das Mädchen nickte und stellte ihm eine Moossuppe hin. Die roch so schön dumpfig und mumpfig.
„Danke", sagte Ralf-Rüdiger und verputzte die Suppe. In seinem Bauch verbreitete sich ein wohliges Gefühl.
„Wie heißt du?"
„Regina. Und du?"
„Ralf-Rüdiger."
„Und was machst du?"
„Ich suche Weihnachten. Bis Heiligabend muss ich es finden. Und du?"
Regina deutete auf einen großen Stapel Flechten-Kekse und sagte: „Ich backe!"
Ralf-Rüdiger betrachtete die Kekse und fragte sich still: Wer soll die denn alle essen?

Am nächsten Tag ging Ralf-Rüdiger nach dem Frühstück los. Weihnachten suchen.
„Wenn du nicht weißt, wohin, kannst du ja wiederkommen", sagte Regina.

„Gern“, sagte Ralf-Rüdiger. Aber er dachte: Ich finde doch Weihnachten. Da komm ich bestimmt nicht zurück in diese ärmliche Hütte.
Ralf-Rüdiger irrte in der glitzernden Wolkenkratzerstadt umher. „Weihnachtsangebote“ las er an einer Ladentür. Der Verkäufer sprang auf Ralf-Rüdiger zu wie ein geölter Blitz und sabbelte los: „Gutentagwaskannichfürsietunwassollsdennseinwirhabenalles?“
Schon stand Ralf-Rüdiger mitten in einem Riesenberg von Kram. Wo ist jetzt der Frieden?, dachte Ralf-Rüdiger.
Der Mann legte immer neue Dinge dazu. Und die Freude? Ralf-Rüdiger betrachtete das Zeug vor sich. Und die Liebe?
Ralf-Rüdiger sagte: „Wissen Sie vielleicht, wo ich Weihnachten finde?“
Der Verkäufer schnaubte wie ein Walross und schob Ralf Rüdiger hinaus in den Schneematsch zu den hupenden Autos und den drängelnden Leuten. „Ich will Ihnen mal was sagen! Weihnachten ist teuer. Das muss man sich auch leisten können.“
Das hatte Ralf-Rüdiger nicht gewusst. Es war doch nur von Friede, Freude und Liebe die Rede gewesen.

Regina saß bei Kerzenschein in ihrer warmen Hütte, vor sich eine Tasse mit duftendem Tee aus gerösteten Flechten, und häkelte an einem Hufschoner. Sie hatte schon einen hübschen Stapel davon fertig.
Wer soll die denn alle tragen?, dachte Ralf-Rüdiger.
Als Regina Ralf-Rüdiger sah, lächelte sie und schenkte ihm auch eine Tasse ein.
„Ich habe Weihnachten nicht gefunden“, klagte Ralf-Rüdiger.
„Das tut mir leid“, sagte Regina.
Ralf-Rüdiger schlürfte seinen Tee und fand es sehr friedlich bei Regina.
Am nächsten Tag entdeckte Ralf-Rüdiger in der glitzernden Wolkenkratzerstadt einen Schokoladen-Laden.
Der Konditor breitete unzählige Leckereien vor ihm aus.
„Probier mal. Wir haben Irish-Moos-Toffees, Schwedisch-Moos-Knäcke-Kräcker, Schweizer Schokoladen-Moos. Wir haben Sahara-Moos-Krokant, das ist ganz selten, wird nur auf der Nordseite einiger weniger Pyramiden gefunden. Dann haben wir Ching-Moos-Trüffel von der Chinesischen Mauer und sogar echte Genie-Moos-Trüffel vom Einstein-Turm in Berlin.“
Ehrfürchtig kostete Ralf-Rüdiger. „Also ich schmecke da keinen Unterschied“, sagte er.

„Pöh“, sagte der Konditor vornehm. „Dann nimm doch von jeder Sorte eine Packung.“
„Gute Idee“, sagte Ralf-Rüdiger.
Der Mann packte und packte und packte und packte, und schließlich sagte er: „Das macht dann eintausendzweihundert Euro und fünfundsiebzig Cent, bitte.“
So viel hatte Ralf-Rüdiger nicht. Genau genommen hatte er gar kein Geld. Und das sagte er auch. Ralf-Rüdiger sah zu, dass er Land gewann.
Doch der Konditor brüllte hinter ihm her: „Jetzt muss ich alles wieder auspacken! Ach! Wenn doch Weihnachten schon vorbei wäre und nie wieder käme! Wie viel schöner wäre die Welt ohne Weihnachten.“
Hier kann Weihnachten wirklich nicht sein, dachte Ralf Rüdiger und sah auf seinen Zettel. Es ist erstens nicht friedlich, zweitens nicht freundlich und drittens nicht liebevoll.

Ralf-Rüdiger kam zu Reginas kleiner Hütte. Schon von Weitem sah er den warmen Kerzenschein durchs Fenster leuchten. Regina hatte Rindenbrote mit Mooskruste überbacken.
„Und? Hast du Weihnachten gefunden?“
Ralf-Rüdiger schüttelte verdrossen den Kopf und sagte:

„Weihnachten ist sehr teuer. Das muss man sich leisten können."
Regina hörte zu und strickte einen Pulli. Dann sangen sie: „Schneeflöckchen, Weißröckchen."
Ralf-Rüdiger freute sich, obwohl der Tag bisher so schrecklich gewesen war.

Jeden Tag suchte Ralf-Rüdiger nach Weihnachten.
Jeden Tag wurde er unruhiger.
Jeden Tag lief er schneller.
Jeden Tag rückte der Heilige Abend näher.

Ralf-Rüdiger sprach mit Geweihpolierern, mit Fellfriseuren und Hufschnitzern. Dazwischen tönten die Schlittenhändler: „Schlitten, Schlitten, Schlitten! Extra-Extra-Extra-Preis!!! Coole Schlitten, heiße Schlitten, krasse Schlitten, Wahnsinns-Schlitten, Hammer-Schlitten, Power-Schlitten! Wir haben alles. Aaaaaaalles! Was soll's sein?"
Aber Fest der Liebe? Fehlanzeige.
Fest der Freude? Pustekuchen.
Fest des Friedens? Schon mal gar nicht.

Abends ging er wieder zu Regina. Sie saßen am warmen Ofen, schlürften heißen Apfelsaft, Regina las Märchen vor. Das war schön.

Am Morgen sagte Ralf-Rüdiger: „Ich kann Weihnachten nirgends finden. Dabei hab ich die ganze glitzernde Stadt abgesucht! Ich geh besser mal wieder nach Hause. Vielleicht finde ich Weihnachten unterwegs noch."

Regina nickte. „Ja."

„Mach's gut", sagte Ralf-Rüdiger. „Und danke für alles."

„Mach's gut." Regina sah ein bisschen traurig aus, aber was sollte Ralf-Rüdiger machen?

Ralf-Rüdiger lief dahin zurück, wo er hergekommen war. Aber als er am Fuß der Berge stand, dachte er: Moment mal! Er guckte auf seinen Zettel und rannte zurück zu Reginas Hütte. Atemlos kam Ralf-Rüdiger an. Er lugte durch das Fenster.

Am Weihnachtsbaum saß Regina im Kerzenschein. Ralf-Rüdiger trat ein. Jetzt bemerkte er auch die anderen Rentiere.

Alle trugen die von Regina gehäkelten Hufschoner.

Alle trugen die von Regina gestrickten Pullis.

Alle sangen „Stille Nacht, heilige Nacht".

Und alle mampften Flechten-Kekse.

„Ralf-Rüdiger!", freute sich Regina. „Darf ich dir meine Familie vorstellen?"

Dann legte sie ihm ein winziges Rentier-Baby in den Arm. „Und das ist meine kleine Schwester Roberta."

„Jetzt habe ich Weihnachten gefunden“, sagte Ralf-Rüdiger.
„Und noch mehr“, sagte Regina. „Noch viel, viel mehr.“

2 Weihnachten moderner Junggesellen

Joseph Roth

Vor einem halben Jahr noch war diese Bar nicht vorhanden. Damit sie entstehe, bedurfte es eines modernen Architekten mit einem sadistischen Zug, einer jener Männer, denen es vollkommen gleichgültig ist, ob sie ein Mausoleum, eine elektrische Hinrichtungsstätte, ein Warenhaus oder ein Nachtlokal bauen sollen, ein Maschinenhaus oder eine Gartenlaube, einen Musiksalon oder ein Badezimmer. Ein gewisser sakraler Komfort verbindet sich mit einer grausamen Nüchternheit, und das Zweckmäßige ist bis zu einem so vollendeten Grade vorausbedacht, dass es bereits die Wirkung des Schaurigen auszuüben beginnt.

Es gibt in manchen Warenhäusern stahlblau beleuchtete Fahrstühle, in die man nicht ohne eine starke Erschütterung einsteigt und in denen man der Täuschung verfällt, dass sie, die sich so bemühen, das Metaphysische nicht in Betracht kommen zu lassen, dennoch in eine Art Himmel aus Violett, Chromsilber, Magnetstahl und Gift emporführen.

Diese Bar erinnert an eine kahle Gruft unter einer Kapelle. Das hängt vielleicht mit dem sarkophagförmigen Bartisch zusammen, der ein massives, dunkelbraunes Halbrund bildet, mit einer Platte aus einem neuerfundenen schimmernden Metall. Es ist ein Metall, das sich dem Glas nähert und gleichzeitig dem Marmor – und ich zweifle sehr, ob es mir möglich sein wird, es deutlich zu beschreiben. Zwar hat man die Empfindung, dass es eher elastisch sein könnte als porös. Aber seine Oberfläche ist schlüpfrig, eisig etwa, und man könnte sich vorstellen, dass es, bis zu einer Durchsichtigkeit gewalzt, eine Fensterscheibe zu ersetzen imstande wäre. Es glänzt stählern und schimmert glasig und ist dennoch lautlos. Und das Wunderbarste: ein Glas, auf dieses Metall heftig gestellt, gibt gar keinen Klang, es ist, als stelle man Gummi auf Gummi! Und diese Lautlosigkeit vervollständigt den Gruftcharakter der Bar – und weil ein unhörbarer, polierter, gutgeölter Betrieb ohne viele und ohne laute Worte auskommt, Gläser nicht klirren können, Türen automatisch schließen, die neuen Wasserhähne nicht rinnen, die Bargetränke, als wären sie flüssiges Linoleum, ohne einen gurgelnden Laut aus den Flaschen in die Gläser schlüpfen: ist der Eindruck des Toten, Erstarrten, Schattenlosen in dieser modernen Bar vollkommen.

Selbstverständlich kommen die Gäste um Mitternacht. Sie kommen so unhörbar, dass sie auftauchen, erscheinen, herbeigezaubert werden. Es sind lauter moderne Gäste. Sie haben strenge und markante Gesichter, theoretisch könnte jeder von ihnen, obwohl er nur sein Automobil hierher gesteuert hat, soeben den Ozean überquert haben, mittels eines Aeroplans; Rekordbrecher, einer wie der andere, Köpfe wie Lederhauben, Augen wie Autobrillen, Stoppuhren in der Brust, Tempo im Leib. Sie setzen sich, sagen gar nichts – und schon stehen Becher auf ihren Tischen, Mentholflüssigkeiten für die Zahnpflege, hygienischer Alkohol, angelsächsische Rauschmittel für Ozeanflieger. Sie reden gar nichts. Höchstens sagt einer zum anderen: „Haben Sie schon – –?" Und der andere ergänzt: „gelesen". Es ist Mitternacht, alle Zeitungen von morgen sind schon erschienen, morgen kann höchstens übermorgen sein. Merkwürdig ist nur, dass plötzlich ein Klavier ertönt. Ein Mann aus einem vergangenen Jahrhundert, er erinnert an einen Walzer, keine Spur von Lederhaube oder Aeroplan, nur Leierkasten und Harfe, verkörperte Drehbewegung, ein erstarrter Schnörkel, viele schwarze Haare, Falten im Gesicht; dieser Mann beginnt zu singen.

Dass er aus Wien stammt, dass ein nationaler Anschlusswille ihn hierhergetrieben hat: Wer kann es bezweifeln? Schon singt er das „Fiakerlied“. Schon den „Schönbrunner Park“. Schon „Wien, nur du allein“. Und schon erglüht auf dem Klavier ein bengalischer Weihnachtsbaum, hergeholt aus einem Wald von Pappe, ausgesägt aus einer Theaterdekoration (die man jetzt nicht mehr braucht), ein Baum aus Karton, mit Nadeln aus Filz, mit Sternen aus Glühlampen. Auf der Baumspitze steckt eine Tafel: Hier können Junggesellen Weihnachten feiern.

Schon feiern sie: wehmütig geworden, der Baum rührt an ihr Innerstes, dort, wo die Stoppuhr eingebaut ist, vergessen den Ozeanflug, Marzipan herrscht vor, man war einmal ein Kind, bevor man ein Gespenst geworden, die Zeit war einmal eine Zeit, nicht immer ein Tempo. Wenn Gespenster Tränen hätten, würden sie weinen. So aber schweigen sie. Leise nur sagt einer zum anderen: „Haben Sie schon – –?“

Und der andere antwortet: „morgen gelesen!“

3

Im Elektrokaufhaus

Axel Hacke

Der Verzweiflungsweg, auf dem ich kurz vor Weihnachten durch die Stadt irrte, Geschenke suchend; dieser Schreckensweg führte mich in eines der großen Elektrokaufhäuser, deren Prospekte Tag für Tag aus meiner Zeitung fallen. Nie zuvor war ich in einem so großen Elektrokaufhaus gewesen. Ich dachte, ich könnte hier vieles finden, eine Saftzentrifuge für meine Tante, eine Kaffeemaschine für meine Schwiegermutter, einen tragbaren CD-Spieler für Paola. Das Elektrokaufhaus würde mir helfen, dachte ich. Ich betrat es durch den Haupteingang, fuhr in die Abteilung für Kleingeräte und ...

Und? ... und bekam ein Stechen im Kopf. Ich hatte gedacht, dass es vier, fünf verschiedene Saftzentrifugen geben würde und fünf, sechs verschiedene Kaffeemaschinen und sechs, sieben verschiedene CD-Spieler. Möglich, dass ich naiv war. Hier standen kilometerlange Regale voller Saftzentrifugen, Kaffeemaschinen, tragbarer CD-Spieler. Dazu: zig

Haartrockner, Hunderte von Bügeleisen, Tausende Toaster, Millionen Frisierhauben, Milliarden Rasierer, Fantastilliarden elektrische Zahnbürsten, Elektrilliarden Föhne ...

... und ich wanderte zwischen Regalen umher, im Herzen eine unbestimmte Sehnsucht nach Sozialismus und Mangelwirtschaft, vor Augen tausend Lockenstäbe und hinter tausend Lockenstäben die Elektrowelt. Blieb vor den Saftzentrifugen stehen. Las den Text einer holländischen Gebrauchsanweisung: „Her sap loopt meteen in het glas." Kam zu den Kaffeemaschinen. Ist es möglich, dachte ich, dass es für jeden einzelnen Menschen eine besondere, nur für ihn entwickelte Kaffeemaschine gibt? Dass es seine Aufgabe ist, diese Kaffeemaschine zu finden? Die Bügeleisen. Das Stechen im Kopf blieb. Ich war schon lange unterwegs, das tat nicht gut. So viele Bügeleisen! Ist mal jemandem aufgefallen, dass viele Bügeleisen wie kleine Raumschiffe aussehen mit glatten Landeflächen, in die Start- und Landedüsen eingelassen sind? Und die tragbaren CD-Spieler – man hat das Gefühl, sie könnten ihre Klappen öffnen und CDs auf dich abschießen wie fliegende Kreissägen, welche sich durch deinen Körper fräsen, arrrararaaaah, biiiitte, neiiiiin, fräsfräsfräs, gruaaarrrrrr!

Het sap loopt meteen in het glas.
Ich kam zu den Frisiergeräten mit ihren Ondulierdüsen und Abkühlstufen, Haartemperatursensoren und einziehbaren Kammreihen. Lockenstäbe und Föhne, ganz klar, sie sehen aus wie Waffen Außerirdischer, Antimaterieschleudern, Handlaser. Oder wie die „Weyr-Werfer", die in Stanislaw Lems Sciencefiction-Roman Der Unbesiegbare vorkommen: „Das Erste, was er sah, war die unnatürlich große, metallene Fußsohle eines Roboters. Er lag auf der Seite und war offensichtlich durch eine Weyr-Serie mittendurch gespalten." So etwa. Oder Douglas Adams' Restaurant am Ende des Universums. Da gibt es „30-Megatöt-Definit-Kill-Photrazon-Kanonen". Die könnten auch so aussehen. Wie ein Philips-Haartrockner.
Das hier, dachte ich, ist ein Waffen-Arsenal für Außerirdische. Aber warum benötigen Außerirdische ein als Elektrokaufhaus getarntes Waffenarsenal? Weil sie längst unter uns leben? Für den Tag X gerüstet sein wollen? Woran erkennt man sie? Daran, dass sie Steckdosen an den Körpern haben? Oder könnte es sein, dass alle Computerexperten Außerirdische sind? Dass sie uns erst von Computern abhängig machen und dann, wenn wir ihnen sowieso ausgeliefert sind, weil wir unsere eigene Welt nicht

mehr verstehen – dann also auf ein Signal hin in die Elektrokaufhäuser stürzen, um uns mit flammenden Föhnen die Haut vom Körper zu brennen?
Ich hielt mich an einem Regal fest. Alles ... drehte ... sich ... Ein Siemens-Dampfbügeleisen sirrte vorbei, beinahe hätte es mich an der Schläfe gerammt. Ich nahm einen Lockenstab, richtete ihn auf das Ding, drückte ab. Das Eisen explodierte. Niemand reagierte. Alles klar, dachte ich, und ging zum Ausgang. Ohne Geschenke ging ich zum Ausgang.
Weihnachten, dachte ich. Soll bald sein, was? Alles klar. Sie werden uns allemachen. Vielleicht vorher. Vielleicht danach. Alle. Auf jeden Fall.

4 Der frisierte Weihnachtsbaum

Peter Biqué

Am Morgen kamen Gina und Henri Buchschlag aus dem Gästezimmer, und wir versammelten uns in der Küche. Marina machte sich am Backofen zu schaffen, und es roch nach Zimt und Schokoladenplätzchen. Der kleine Bernie hüpfte vor dem Fenster herum und sang: „Es schneit, es schneit!" Und ich stellte die Kaffeekanne auf den Tisch und verteilte Tassen.
„Große Klasse", sagte mein Freund Henri. „Genau das richtige Wetter für Heiligabend."
Gina und Henri, die Weihnachten bei uns verbringen wollten, setzten sich. Ich schenkte Kaffee ein, und der Duft des heißen Morgentrunks vermischte sich mit den Gerüchen aus dem Backofen.
„Wie ist das eigentlich, Henri", erkundigte sich Marina, „du hast doch versprochen, dich um den Weihnachtsbaum zu kümmern. Ich habe noch keinen Baum gesehen."
„Keine Sorge", sagte Henri. „Nach dem Frühstück gehe ich los. Wisst ihr, bei uns zu Hause mache ich

das immer so, dass ich den Baum am Vierundzwanzigsten besorge.“ Er dämpfte seine Stimme, als wolle er ein Geheimnis preisgeben, und schaute verschwörerisch um sich.
„Die Händler geben dann nämlich die Bäume zum halben Preis ab.“ Er lachte dröhnend. „Ist ja logisch. Nach Weihnachten werden sie ihre Bäume kaum noch absetzen können.“
Jeder von uns hatte noch etwas zu tun, außer Bernie, der entweder dem Schneetreiben zusah oder ein Malbuch verwüstete, und so werkelten wir vor uns hin und vergaßen eine Zeit lang Henri und seinen Einkauf in letzter Minute.
Gegen Mittag flog die Tür auf. Henri stürmte ins Haus und brachte einen Eiseshauch des winterlichen Tages mit herein. Er schnaubte wie eine alte Dampflokomotive und schwenkte ein Bäumchen in einer Hand, das in diesem Jahr also unser Weihnachtszimmer schmücken sollte. Das Bäumchen war nicht höher als einen Meter, und die Zweige zeichneten sich nicht gerade durch wohlgewachsene Symmetrie aus.
„Henri“ rief Marina entgeistert. „Was ist denn das?“
„Tut mir leid“, knirschte Henri, „aber das war das Beste an Baum, was ich heute auftreiben konnte. Wenn wir ihn hochstellen, auf einen Blumenhocker oder Tisch, dann wirkt er gar nicht so mickrig. Und

die unebenen Zweige werde ich noch ein bisschen frisieren – und ich schmücke ihn auch besonders schön, ihr könnt euch darauf verlassen ..."
„Na", murmelte Marina, „es ist ja vor allem wegen Bernie".
„Ich krieg' das schon hin", versicherte Henri. „Aber was mich ärgert, wisst ihr, dieser Baumverkäufer hat mir doch glatt den doppelten Preis abgeknöpft. Und als ich schimpfte, hat er gesagt, bitte sehr, mein Herr, kann ja sein, dass Sie woanders noch einen Baum bekommen. Zähneknirschend hab' ich gezahlt, sag' ich euch, zähneknirschend!"
Henri hat den missgestalteten Baum wirklich schön geschmückt, mit silbernen Kugeln und Lametta und Engelhaar und kleinen Päckchen, und unserem Bernie hat er gut gefallen. Jedenfalls hat er glänzende und feuchte Augen gehabt, als am Abend die Kerzen brannten und wir vor dem Baum standen und fünfstimmig „Stille Nacht" schmetterten. Fünfstimmig nicht etwa, weil wir den mehrstimmigen Gesang als Kunstform gepflegt hätten, sondern weil wir so durcheinander waren, dass wir alle in verschiedenen Tonarten sangen. Es klang ein bisschen schräg, und wir fanden erst nach ein paar Takten mehr und mehr zueinander. Aber auch das hat Bernie nicht gestört.

Der gestohlene Weihnachtsbaum

5

Hans Fallada

Ein wesentlicher Unterschied zwischen Kindern und Erwachsenen ist der, dass die Großen ungefähr wissen, was sie vom Leben zu erwarten haben, die Kinder aber erhoffen noch das Unmögliche. Und manchmal behalten sie damit sogar recht.

Seit Mitte Dezember der erste Schnee gefallen war, dachte Herr Rogge wieder an den Weihnachtsbaum und die alljährlich wiederkehrenden endlosen Schwierigkeiten, bis er ihn haben würde. Die Kinder aber nahmen allmorgendlich ihre kleinen Schlitten und zogen in den Wald, den Weihnachtsmann zu treffen. Natürlich war es einfach lächerlich, dass es in diesem Lande mit Wald über Wald keine Weihnachtsbäume geben sollte. Überall standen sie, sie wuchsen einem gewissermaßen in Haus, Hof und Garten, aber sie gehörten nicht Herrn Rogge, sondern der Forstverwaltung. Der alte Förster Kniebusch aber, mit dem Herr Rogge sich übrigens verzankt hatte, verkaufte schon längst keine Baumscheine mehr. „Wozu denn?", fragte er. „Es kauft ja doch keiner einen. Und wenn sie sich ihren Baum lieber ‚so' besorgen, habe ich doch den Spaß, sie zu erwischen, und ein Taler Strafe für einen Baum, den ich ihnen aus den Händen und mir ins Haus trage, freut mich mehr als sechs Fünfziger für sechs Baumscheine."

So würde also Herr Rogge sich entweder den Baum „so" besorgen müssen – was er nicht tat, denn erstens stahl er nicht, und zweitens gönnte er Kniebusch nicht die Freude –, oder er würde achtzehn Kilometer in die Kreisstadt auf den Weihnachtsmarkt fahren müssen zur Besorgung eines Baumes, der ihm vor der Nase wuchs – und das tat er erst recht nicht, und den Spaß gönnte er Kniebuschen erst recht nicht. Blieb also nur die unmögliche Hoffnung auf den Weihnachtsmann und seine Wunder, die die Kinder hatten.

Gleich hinter dem Dorf ging es bergab, einen Hohlweg hinunter, in den Wald hinein. Manchmal kamen die Kinder hier nicht weiter, über dem schönen sausenden Gleiten vergaßen sie den Weihnachtsmann und liefen immer wieder bergan. Heute aber sprach Thomas zum Schwesterchen: „Nein, es sind nur noch drei Tage bis Weihnachten, und du weißt, Vater hat noch keinen Baum. Wir wollen sehen, dass wir den Weihnachtsmann treffen."

So ließen sie das Schlitteln und traten in den Wald. Was der Thomas aber nicht einmal dem Schwesterchen erzählte, war, dass er Vaters Taschenmesser in der Joppe hatte. Mit sieben Jahren werden die Kinder schon groß und fangen an, nach Art der Großen ihren Hoffnungen eine handfeste Unterlage zu verschaffen. –

Der alte Kakeldütt war das, was man früher ein „Subjekt“ nannte, wahrscheinlich, weil er so oft das Objekt behördlicher Fürsorge war. Aus dem mickrigen Leib wuchs ihm ein dürrer, faltiger, langer Hals, auf dem ein vertrocknetes Häuptlein wie ein Vogelkopf nickte. Wenn der Herr Landjäger sagte: „Na, Kakeldütt, denn komm mal wieder mit! Du wirst ja wohl auch allmählich alt, dass du vor den sehenden Augen von Frau Pastern ihre beste Leghenne unter deine Jacke steckst“, dann krächzte Kakeldütt schauerlich und klagte beweglich: „Ein armer Mensch soll es wohl nie zu was bringen, was? Die Pastern hat ’ne Pieke auf mich, wie? Und Sie haben auch ’ne Pieke auf mich, Herr Landjäger, wie? Natürlich in allen Ehren und ohne Beamtenbeleidigung, was?“ Und bei jedem Wie und Was ruckte er heftig mit dem Häuptlein, als sei er ein alter Vogel und wolle hacken. Aber er wollte nicht hacken, er ging ganz folgsam und auch gar nicht unzufrieden mit.

Wir aber als Erzähler denken, wir haben unsere Truppen nun gut in Stellung gebracht und die Schlacht gehörig vorbereitet: hier den alten Förster Kniebusch, der gern Tannenbaumdiebe fängt. Dort den Vater Rogge in Verlegenheit um einen Baum. Ziemlich versteckt das anrüchige Subjekt Kakeldütt mit großer Findigkeit für fragwürdigen Broterwerb und als leichte Truppen, die das Gefecht eröffnen, Thomas mit dem Schwesterchen, ziemlich gläubig noch, aber immerhin mit einem nicht einwandfrei erworbenen Messer in der Tasche. Im Hintergrund aber die irdische Gerechtigkeit in Gestalt des Landjägers und die himmlische, vertreten durch den Weihnachtsmann.

Alle an ihren Plätzen –? Also los!

Das Erste, was man durch den dick mit Schnee gepolsterten, stillen Wald hört, ist: ritze-ratze, ritze-ratze ... Kakeldütt, erfahrener auf dunklen Pfaden als der siebenjährige Thomas, weiß, dass ein Tannenbaum sich schlecht mit einem Messer, gut mit einer Säge von den angestammten Wurzeln lösen lässt.

Herr Rogge, in Zwiespalt mit sich, greift nach Pelzkappe und Handstock: Hat man keinen Tannenbaum, kann man sich doch welche im Walde beschauen. Kniebusch stopft seine Pfeife mit Förstertabak, ruft

den Plischi und geht gegen elf zu jagen, wo die Forstarbeiter Buchen schlagen. Die Kinder haben unter einem Ginsterbusch im Schnee ein Hasenlager gefunden, hinten ist es zart gelblich gefärbt.
„Osterhas Piesch gemacht!“, jauchzt Schwesterchen. Die alte gichtige Brommen aber hat schon zwanzig Pfennig für den Kakeldütt, der ihr weiß wohl was besorgen soll, bereitgelegt. Ritze-ratze ...
Ritze-ratze ...
Förster Kniebusch – die akustischen Verhältnisse in einem Walde sind unübersichtlich –, Förster Kniebusch ruft leise den Hund und windet. „I du schwarzes Hasenklein! War das nun drüben oder hinten–? Warte, warte ...“
Ritze-ratze ...
Thomas und das Schwesterchen horchen auch. Schnarcht der Weihnachtsmann wie Vater –? Hat er Zeit, jetzt zu schnarchen –?! Friert er nicht –? Erfriert er gar – und ade der bunte Tisch unter der lichterleuchtenden Tanne?!
Ritze-ratze ...
Herr Rogge hat die Fußspuren seiner Kinder gefunden und vergnügt sich damit, ihre Spuren im Schnee nachzutreten, mal Schwesterchens, mal Brüderchens. Auch er findet das Hasenlager, auch er spitzt die Ohren. Thomas wird doch keine Dummheiten

machen, denkt er. Ich hätte doch in die Stadt fahren sollen.
„Ach nee, ach nee“, stöhnt ganz verdattert Kakeldütt, wackelt mit dem Vogelkopf und starrt auf die Kinder. „Wer seid denn ihr? Ihr seid wohl Rogges –?“
„Das ist der Weihnachtsbaum“, sagt Thomas ernst und betrachtet die kleine Tanne, die mit ihren dunklen Nadeln still im Schnee liegt. „Weihnachtsbaum – Weihnachtsmann“, brabbelt Schwesterchen und sieht den ollen Kakeldütt zweifelnd an. Ist das ein echter Weihnachtsmann? Enttäuschung, Enttäuschung – ins Leben wachsen heißt ärmer werden an Träumen.
„Ich hab ’nen Baumschein vom Förster, du Roggejunge“, verteidigt sich Kakeldütt ganz unnötig.
„Hilfst du mir auch bei unserer Tanne?“, fragt Thomas und greift in die Joppentasche. „Ich hab ein Messer.“
In Kakeldütts Hirn erglimmen Lichter. Rogges haben Geld. Sie zahlen nicht nur zwanzig, sie zahlen fünfzig Pfennig für einen Weihnachtsbaum. Sie zahlen eine Mark, wenn Kakeldütt den Mund hält. „Natürlich, Söhning“, krächzt er und greift wieder zur Säge. „Nehmen wir gleich den –?“ Herr Rogge auf der einen, Förster Kniebusch auf der andern Seite den Tannen enttauchend, sehen nur noch Thomas und Schwesterchen. Keinen Kakeldütt.

„Thomas!“, ruft Herr Rogge drohend.
„Rogge!“, ruft Kniebusch triumphierend.
„Nanu!“, wundert sich Thomas und starrt auf die Äste, die sich noch leise vom weggeschlichenen Kakeldütt bewegen.
Der Sachverhalt aber ist klar: ein abgeschnittener Baum, ein Junge mit einem Messer in der Hand ...
„Ich freue mich, Rogge“, sagt Kniebusch und freut sich ganz unverhohlen. „Stille biste, Plischi!“, kommandiert er dem Hund, der in die Schonung zieht und jault.
„Du glaubst doch nicht etwa, Kniebusch?“, ruft Rogge empört. „Thomas, was hast du getan?! Was machst du mit dem Messer?“
„Deinem Messer, Rogge“, grinst Kniebusch.
„Hier war ’n Mann“, sagt Thomas unerschüttert. „Wo ist der Mann hin?“
„Weihnachtsmann“, kräht Schwesterchen.
Kinder zu erziehen ist nicht leicht – Kinder vorm Antlitz triumphierender Feinde zu erziehen ist ausgesprochen schwer. „Komm einmal her, Thomas“, sagt Herr Rogge mit aller verhassten väterlichen Autorität. „Was machst du mit meinem Messer? Woher hast du mein Messer?“ Er gerät unter dem Blick des andern in Hitze. „Wie kommt die Tanne hierher? Wer hat dir gesagt, du sollst eine Tanne abschneiden?“

„Hier war ’n Mann“, sagt Thomas trotzig im Bewusstsein guten Gewissens. „Vater, wo ist der Mann hin?“
„Weihnachtsmann weg!“, kräht Schwesterchen.
„Sollst du lügen, Tom?“, fragt Herr Rogge zornig. „Ekelhaft ist so was! Komm, sage ich dir ...“ Und mit aller väterlichen Konsequenz eilt er mit erhobener Hand auf den Sohn zu. Ausgerechnet angesichts von Kniebusch als Waldfrevler erwischt! Nichts mehr scheint eine väterliche Tracht Prügel abwenden zu können.
„Halt mal, Rogge!“, sagt Förster Kniebusch mit erhobener Stimme und zeigt mit dem Finger auf den frischen Baumstumpf. „Das ist gesägt und nicht geschnitten.“
Rogge starrt. „Wo hast du die Säge, Junge?“
„Hier war ’n Mann“, beharrt Thomas.
„Und recht hat der Junge, und du hast unrecht. Rogge“, freut sich der Kniebusch. „Da die Spuren – das sind nicht deine und nicht meine. – Und du hast überhaupt meistens und immer unrecht, Rogge. Damals, als wir uns verzürnt haben, hattest du auch unrecht. Fische können nicht hören! Du bist rechthaberisch, Rogge, und was war hier für ein Mann, Junge?“
„Ein Mann.“
„Und wenn ich dieses Mal unrecht hab, aber ich hab’s nicht, denn wozu hat er das Messer? – Damals hatte

ich doch recht. Und Fische können sehr wohl hören ..." „Unsinn – in den Kuscheln muss er noch stecken, Rogge! Los, Plischi, such, du guter Hund! Los, Rogge, den Kerl zu fassen soll mir zehn Weihnachtsbäume wert sein. Los, Junge, fass deine Schwester an, wenn du ihn siehst, schreist du!"

Und los geht die Jagd, immer durch die Tannen, wo sie am dicksten stehen.

„Weihnachtsmann!", ruft Schwesterchen. Die Tannennadeln stechen, und der Schnee stäubt von den Zweigen in den Nacken.

„Also lassen wir es", sagt nach einer Viertelstunde Förster Kniebusch missmutig. „Weg ist er. Wie in den Boden versunken. – Du kannst doch die Tanne brauchen, fünfzig Pfennig zahlst du, und so hat das Forstamt wenigstens was von dem Gejachter."

Aber wo ist die Tanne? Dies ist der Platz, denn hier steht der Stumpf – aber wo ist die Tanne? „I du schwarzes Hasenklein!", sagt Förster Kniebusch verblüfft. „Der ist uns aber über, Rogge! Holt sich noch den Baum, während wir hier auf ihn jagen. Na, warte, Freundchen, wenn ich dir mal wieder begegne! Denn die Katze lässt das Mausen nicht, und einmal treffe ich sie alle ... Gib mir das Messer, Junge, damit ihr wenigstens nicht leer nach Hause geht. Ist der dir recht, Rogge? Schneidet sich elend schlecht mit

'nem Messer, das nächste Mal bringst du besser 'ne Säge mit, Junge, weißt du, einen Fuchsschwanz ..."
„Kniebusch –!", schreit Herr Rogge förmlich. Aber auf diesen Streit der beiden brauchen wir uns nicht auch noch einzulassen, er ist schon alt und wird aller Wahrscheinlichkeit nach noch sehr viel älter werden.
Jedenfalls fasste Thomas auf dem Heimwege seine Meinung dahin zusammen: „Ich glaube, es war doch der Weihnachtsmann, Vater. Sonst hätt er doch nicht so verschwinden können, Vater! Wo der Hund mit war."
„Möglich, möglich, Tom", bestätigte Herr Rogge.
„Aber, Vater, klauen denn die Weihnachtsmänner Weihnachtsbäume?"
„Ach, Tom –!", stöhnte Herr Rogge aus tiefstem Herzensgrunde – und war sich gar nicht im Klaren darüber, wie er diesen Wirrwarr in seines Sohnes Herzen entwirren sollte. Aber schließlich war in drei Tagen Weihnachten. Und vor einem strahlenden Tannenbaum und einem bunten Bescherungstisch werden alle Zweifel stumm und alle Kinderherzen gläubig.

6

Der Nikolaus war da!

Jan Weiler

Ich habe meine Pflicht getan und Ulrich Dattelmanns Punsch ausgetrunken. Ich habe meine Pflicht und Schuldigkeit getan, ich bin von weiteren Diensten befreit. Habe ich jedenfalls gedacht. Doch nachdem ich ausgenüchtert bin und mehrere Tage lang feste Nahrung zu mir genommen habe, konfrontiert mich Sara morgens mit der Nachricht, dass ich als Nikolaus auftreten müsse. In Nicks Klasse. Höchstwahrscheinlich war das sogar ihre Idee. Bestimmt hat sie mich vorgeschlagen, den Nikolaus in der Schule zu machen. Kann mir genau vorstellen, wie das gelaufen ist.

Sie sitzt einmal im Monat mit Mütterkolleginnen zusammen, und sie erörtern wichtige Fragen der Kindererziehung und vor allen Dingen medizinische Themen. Sie diskutieren zum Beispiel stundenlang darüber, ob Kinder Sand essen sollen. Einige halten das für gefährlich, weil man nicht weiß, was in Sand so drin ist, außer Sand. Und die anderen finden, Sand reinige den Magen.

Ich kann mich daran erinnern, dass ich als Jugendlicher auf einem Campingplatz in Südfrankreich auch Töpfe und Pfannen mit Sand geschrubbt habe, aber ich weiß nicht, ob Kindermägen auch aus Gusseisen oder Edelstahl sind und ob sie eine Antihaftbeschichtung haben, die man nicht verkratzen darf. Und weil ich nicht mitreden kann, komme ich nie mit zu Sitzungen der Schulpflegschaft, wo auch darüber gesprochen wird, wo bei den Kids die Grenze zwischen „lebhaft" und „asozial" verläuft – und wer von den männlichen Erziehungsberechtigten als Bischof am besten geeignet wäre. Meine zauberhafte Frau hat dazu vermutlich gesagt: „Das kann ruhig mal mein Mann machen, der macht ja sonst nix."
Sie kam nach Hause, und ich fragte: „Na, wie war es in der Neigungsgruppe Männerhass?"
Sie antwortete: „Gut, wir haben einstimmig beschlossen, dass du dieses Jahr der Nikolaus bist."
„Was heißt einstimmig? Ich bin dagegen!"
„Aber du warst nicht da."
„Barack Obama war auch nicht da. Müsste der das jetzt machen, wenn ihr ihn gewählt hättet?"
„Du wirst doch wohl einmal im Jahr den Nikolaus machen können."
„Ich habe gerade erst Dattelmanns grauenhaften Punsch ausgeschenkt."

„Eigentlich hast du ihn vor allen Dingen ausgetrunken."
„Egal, ich habe meine Pflicht erfüllt."
„Das Kostüm gibt es im Büro. Du musst es mittags abholen und dann pünktlich um 17 Uhr ans Fenster klopfen. Der Sack mit den Geschenken steht neben der Papiertonne. Und das Buch auch."
Das kannte ich schon: Die Eltern beklebten je eine Seite in dem großen Buch mit einer Art Zeugnis für ihr Kind. Meistens stand drin, dass der Korbi sein Zimmer schon ganz toll aufräume, jedoch bitte schön den Kopf seiner kleinen Schwester zukünftig nicht mehr im Klosett untertauchen möge. Als Nikolaus hatte ich dies mahnend vorzutragen und dann dem zauberhaften Korbi das für ihn vorgesehene Geschenk zu überreichen. Die Päckchen im Sack waren mit Namensschildern versehen. In Nicks Klasse gab es zwanzig Kinder.
Um halb fünf zog ich mich um. Griechische Bischofsmontur, total stilecht. Allerdings roch der Bart ziemlich streng. Der Hund erkannte mich nicht und biss bellend in mein Gewand. Ich nahm dies als Kompliment für meine Verkleidungskunst, die ich mit einer ausrangierten Brille krönte. Die Gläser waren entschieden viel zu schwach. Dann setzte ich mich ins Auto. Ich parkte hinter der Schule, holte

mir Sack und Buch und klopfte mit dem Bischofsstab ans Fenster. Ich brummte: „Hol Ho! Hooo!“ Eine Referendarin öffnete das Fenster und rief verzückt: „Nun guckt mal, wer da ist!“ Und zu mir sagte sie leise: „Bitte nicht Ho-hohooo. Das ist Amischeiße. Wir sagen ‚Hallo, Kinder, lasst mich ein, ich will so gerne bei euch sein‘. Okay?“ Dann öffnete sie die Tür, ich kam hineingestolpert (der Umhang, die Tür, der Sack) und rief: „Hallo. Lasst mich rein, Kinder, lasst mich rein, damit ich bei euch sein kann.“

„Das reimt sich gar nicht“, rief ein kleiner Klugscheißer, der sich rasch als die Pest aus dem Haus gegenüber identifizierte. Seine Eltern waren genauso schlimm wie er, bloß älter. Und hässlicher.

Ich setzte mich auf einen kleinen Stuhl. Mir war warm. Ich wollte nach Hause. Nachdem ich dreimal tief ein- und ausgeatmet hatte, machte ich mir ein Bild von meinem Publikum. Zwanzig Kinder, drei Lehrerinnen. Der Duft von Früchtetee. Mein Sohn Nick saß in der ersten Reihe und hatte vor Aufregung knallrote Wangen, soweit ich das mit der uralten Brille erkennen konnte. Ich wollte gerade anfangen mit dem Buch, als die kleine Claire anfing zu weinen.

„Was’n los?“, fragte ich. „Ich habe doch noch gar nicht angefangen!?“

„Du bist so gruselig“, rief Claire, und das tat mir leid. Und außerdem stimmte es gar nicht. Ich glaube eher, da ist irgendwas zu Hause in der Familie nicht in Ordnung. Da muss man mal mit dem Jugendamt hin. Meine Meinung. Egal.

„Das wird alles nicht so schlimm“, sagte ich in väterlichem Brummton. Ich hob das Buch, schlug es auf und fragte: „Na, woooo ist denn der kleine Finn?“

Der kleine Finn hob die Hand, und ich brummte weiter: „Soosoo, du bist der Finn.“

„Nein, ich bin der Konstantin, und ich muss aufs Klo.“

Ich winkte mit dem Bischofsstab und knurrte: „Na, dann geh mal, mein lieber junger Freund.“

Nun blätterte ich in dem großen Buch. Himmel war das warm hier. Durst! Und der Schweiß rann in den Bart, welcher kunstvoll mit der Bischofsmütze verbunden war. Er fühlte sich an wie ein 200 Grad heißer, feuchter Flokati. Ekelhaft.

„Dann wollen wir mal sehen“, brummte ich nikolausig. „Wer von euch ist denn nun der Finn?“

Ein kleiner blonder Bursche hob die Hand.

„Eine Frage“, sagte Finn.

„Schieß los“, sagte ich jovial.

„Wo ist eigentlich dein Krampus?“

Der Krampus ist eine Art teuflisches Zottelwesen

und gehört zum süddeutschen Nikolaus-Brauchtum. Er sieht aus wie die Morlocks in dem Film „Die Zeitmaschine". Häufig taucht er im Rudel auf und soll die unartigen Kinder erschrecken. In anderen Gegenden Deutschlands gibt es den Knecht Ruprecht. Er verhält sich zum Nikolaus in etwa wie Alexander Dobrindt zu Horst Seehofer.
„Ich brauche keinen Krampus", sagte ich beleidigt.
„Wenn du keinen Krampus hast, dann bist du gar nicht richtig."
„Hast du eine Ahnung. Wenn du nicht still bist, fresse ich dich vor den Augen deiner Kumpels einfach auf. So! Happs!"
Sofort fing Claire wieder an zu heulen. Aber darauf konnte ich keine Rücksicht mehr nehmen. Zeit ist Geld. Auch ein Nikolaus muss effizient arbeiten.
„So. Finn. Hier lese ich, dass du schon ganz toll deinen Teller aufräumst und gerne mit dem Hund spazieren gehst. Das ist ja schön."
„Woher weißt du das?"
„Das steht hier."
„Und wer hat das da reingeschrieben?"
„Ist doch egal", brummte ich.
Ich wollte die Sache nun endlich hinter mich bringen. Ich sagte: „Du musst aber auch dein Zimmer aufräumen. Okay? Nun bekommst du ein Päckchen

aus dem Säckchen, und du darfst es erst öffnen, wenn ich weg bin. Ihr müsst alle warten, bis jeder eines hat."
Dazu hatte mir Sara geraten. Ansonsten würde die Aufmerksamkeit zu schnell nachlassen. Und dann kam mir eine teuflische Idee: Ich griff in den Sack, nahm ein Geschenk heraus und entfernte rasch das Namensschildchen darauf. Finn erhielt also nicht sein Päckchen, sondern irgendein Päckchen. Hähähä. Nikolausens Rache.
Ich machte weiter. Jedes Kind schimpfte ich zunächst milde und bescherte es dann mit einem Päcklein. Schließlich erhob ich mich ächzend, teilte der Truppe mit, dass ich einen schweren Bandscheibenvorfall hätte, leider gesetzlich versichert sei und nun nach Hause müsse, um dort eine schöne Kindersuppe zu kochen, was Claire dazu veranlasste, aufzukreischen und in den Schoß der Klassenlehrerin zu flüchten. Dann ging ich, mit dem Bischofsstab winkend. Im Hinausgehen hörte ich noch, wie der Erste rief: „Hee, was soll ich denn mit dem Mädchenkram hier?"
Dann war ich weg. Sara holte unseren Nick eine Stunde später ab. Er war ganz zufrieden mit seinem rosa Spiegelchen, obwohl Sara ihm eigentlich eine Playmobilfigur gekauft hatte.

Am nächsten Tag brachte ich Nick in die Schule, und seine Lehrerin bedankte sich herzlich bei mir für die wunderbare Idee, die Kinder zur Kommunikation und zum Tauschen angeleitet zu haben. Das sei pädagogisch unheimlich wertvoll gewesen, und sie habe mir diesen Weitblick gar nicht zugetraut. Mist. Jetzt muss ich jedes Jahr ran.

7

Himmlische Nothilfe

Kurt Tucholsky

„Wat denn? Wat denn? Zwei Weihnachtsmänner?“
„Machen Sie hier nich sonen Krach, Siiie! Is hier vier Tage im Hümmel, als Hilfsengel – und riskiert hier schon ne Lippe.“
„Verzeihen Sie, Herr Oberengel. Aber man wird doch noch fragen dürfen?“
„Dann fragen Sie leise. Sie sehn doch, dass die beiden Herren zu tun haben. Sie packen.“
„Ja, das sehe ich. Aber wenn Herr Oberengel gütigst verzeihen wollen: Wieso zwei? Wir hatten auf Schule jelernt: Et gibt einen Weihnachtsmann und fertig.“
„Einen Weihnachtsmann und fertig ...! Einen Weihnachtsmann und fertig ...! Diese Berliner! So ist das hier nicht! Das sind ambivalente Weihnachtsmänner!“
„Büttaschön?“
„Ambi... ach so, Fremdwörter verstehen Sie nicht. Ich wer Sie mal für vierzehn Tage rüber in den Soziologenhimmel versetzen halt, oder noch besser, zu den

Kunsthistorikern ... da wern Sie schon ... Ja, dies sind also ... diese Weihnachtsmänner, das hat der liebe Gott in diesem Jahre frisch eingerichtet. Sie ergänzen sich, sie heben sich gegenseitig auf ..."

„Wat hehm die sich jejenseitig auf? Die Pakete?"

„Wissen Sie ... da sagen die Leute immer, ihr Berliner wärt so furchtbar schlau – aber Ihre Frau Mama ist zwecks Ihrer Geburt mit Ihnen wohl in die Vororte gefahren ...! Die Weihnachtsmänner sind doppelseitig – das wird er wieder nicht richtig verstehen –, die Weihnachtsmänner sind polare Gegensätze."

„Aha. Wejen die Kälte."

„Himmel ... wo ist denn der Fluch-Napf ...! Also, ich werde Ihnen das erklären! Jetzt passen Sie gut auf: Die Leute beten doch allerhand und wünschen sich zu Weihnachten so allerhand. Daraufhin hat der liebe Gott mit uns Engeln sowie auch mit den zuständigen Heiligen beraten: Wenn man das den Leuten alles erfüllt, dann gibt es ein Malheur. Immer.

Denn was wünschen sie sich? Sie wünschen sich grade in der letzten Zeit so verd ... so vorwiegend radikale Sachen. Einer will das Hakenkreuz. Einer will Diktatur. Einer will Diktatur mitm kleinen Schuss; einer will Demokratie mit Schlafsofa; eine will einen Hausfreund; eine will eine häusliche Freundin ... ein Reich will noch mehr Grenzen; ein Land will über-

haupt keine Grenzen mehr; ein Kontinent will alle Kriegsschulden bezahlen, einer will ..."
„Ich weiß schon. Ich jehöre zu den andern."
„Unterbrechen Sie nicht. Kurz und gut: das kann man so nicht erfüllen. Erfüllt man aber nicht ..."
„Ich weiß schon. Dann besetzen sie die Ruhr."
„Sie sollen mich nicht immer unterbrechen! Erfüllen wir nicht – also: erfüllt der liebe Gott nicht, dann sind die Leute auch nicht zufrieden und kündigen das Abonnement. Was tun?"
„Eine Konferenz einberufen. Ein Exposé schreiben. Mal telefonieren. Den Sozius ..."
„Wir sind hier nicht in Berlin, Herr! Wir sind im Himmel. Und eben wegen dieser dargestellten Umstände haben wir jetzt zwei Weihnachtsmänner!"
„Und ... was machen die?"
„Weihnachtsmann A erfüllt den Wunsch. Weihnachtsmann B bringt das Gegenteil. Zum Exempel: Onkel Baldrian wünscht sich zu Weihnachten gute Gesundheit. Wird geliefert. Damit die Ärzte aber nicht verhungern, passen wir gut auf; Professor Dr. Speculus will auch leben. Also kriegt er seinen Wunsch erfüllt, und der reiche Onkel Baldrian ist jetzt mächtig gesund, hat eine eingebildete Krankheit und zahlt den Professor. Oder:
Die Nazis wünschen sich einen großen Führer. Krie-

gen sie: ein Hitlerbild. Der Gegenteil-Weihnachtsmann bringt dann das Gegenteil: Hitler selber.
Herr Merkantini möchte sich reich verheiraten. Bewilligt. Damit aber die Gefühle nicht rosten, bringt ihm der andere Weihnachtsmann eine prima Freundin. Oder: Weihnachtsmann A bringt dem deutschen Volke den gesunden Menschenverstand – Weihnachtsmann B die Presse. Weihnachtsmann A gab Italien die schöne Natur – Weihnachtsmann B: Mussolini. Ein Dichter wünscht sich gute Kritiken: kriegt er. Dafür kauft kein Aas sein Buch mehr. Die deutsche Regierung wünscht Sparmaßnahmen – schicken wir. Der andere Weihnachtsmann bringt dann einen kleinen Panzerkreuzer mit. Sehn Sie – auf diese Weise kriegt jeder sein Teil. Haben Sie das nun verstanden?"
„Allemal. Da möcht ich denn auch einen kleinen Wunsch äußern. Ich möchte gern im Himmel bleiben und alle Nachmittage von 4 bis 6 in der Hölle Bridge spielen."
„Tragen Sie sich in das Wunschbuch der Herren ein. Aber stören Sie sie nicht beim Packen, die Sache eilt."
„Und ... verzeihen Sie ... wie machen Sie das mit der Börse –?"
„So viel Weihnachtsmänner gibt es nicht. Herr – so viel Weihnachtsmänner gibt's gar nicht –!"

Gefühle nach dem Kalender

8

Kurt Tucholsky

Eigentlich ist es ja ein bisschen merkwürdig: wenn nur noch wenige dünne Kalenderblätter den Abreißer vom 24. Dezember trennen, so senkt sich jenes weihnachtliche Gefühl auf ihn hernieder, das ihr alle kennt. Er wird ein bisschen weich, er wird ein wenig träumerisch, und wenn der ganze Apparat des Einkaufs vorbeigeklappert ist, wenn all das Tosen und Wirken vorüber ist, dann saugt er doch an seiner Weihnachtszigarre und denkt sich dies und das und allerlei. Aber wie denn? Kann man denn seine Gefühle kommandieren –? Kann man denn – nach dem Kalender – seine Empfindungen regeln?
Man kann's nicht. Der Schnurriker Mynona erzählt einmal die Geschichte vom Schauspieler Nesselgrün, dem es plötzlich einfiel, sein ihm zustehendes Weihnachten im August zu feiern – und unter unendlichem Hallo geht denn diese deplacierte Festlichkeit auch vor sich. Aber wir haben doch gelacht, als wir das lasen. Könnten wir andern das auch? Es ist wohl

nicht nur die Furcht, uns lächerlich zu machen – es muss noch etwas anderes sein.
Der Grund, dass wir wirklich – jedes Weihnachten – in jedem Jahr – immer aufs Neue imstande sind, genau um den 25. Dezember herum die gleichen starken Gefühle zu hegen, liegt doch wohl darin, dass sie sich angesammelt haben. Es muss doch irgendetwas da sein, das tropfenweise anschwillt, das ganze Jahr hindurch.
Schließlich ist doch der Kalender etwas ganz Äußerliches, Relatives, wir sind in gewisser Hinsicht mit ihm verwachsen – aber die Zeit ist nicht in uns, wir sind in der Zeit. Und das kleine Blättchen, das den Vierundzwanzigsten anzeigt, ist kein Grund, es ist ein Signal und ein Anlass.
Ich habe immer das Gefühl, als ob wir jede Woche im Jahr weihnachtliche Empfindungen genug aufbrächten – aber gute Kaufleute, die wir sind, legen wir sie ›in kleinen Posten‹ zurück, bis es sich einmal lohnt. Im Dezember ist dann das Maß meist voll. Ist es nicht schließlich mit jedem Gedenktag so –? Warum sollen wir gerade am neunzehnten an sie denken, und warum nicht einen Tag später –? ›Heute vor einem Jahr‹ – ach Gott, entweder wir empfinden immer, dass sie auf der Welt ist – oder wir empfinden's am neunzehnten auch nur konventionell. Ge-

fühle nach dem Kalender –: das geht nur, wenn der Kalender sie ins Rollen bringt.
Gefühle nach dem Kalender ... Wir haben alle nur keine Zeit, um gut zu sein, wie? Wir haben nur alle keine Zeit. Und müssen tausend- und tausendmal herunterschlucken und herunterdrücken und sind vielleicht im Grunde alle froh, allweihnachtlich einen Anlass gefunden zu haben, den gestauten Sentiments freien Lauf zu lassen. Wer erst nach dem Kalenderblatt sieht, sich vor den Kopf schlägt und »Ach, richtig!« ruft – dem ist nicht zu helfen.
Vielleicht hat diese neue – ehemals große – Zeit manches am deutschen Weihnachtsfeste geändert. Ich weiß nicht, ob's innerlich geworden ist. Es täte uns so Not – nicht aus Gründen der Religion, die jedermanns Privatsache ist – sondern aus Gründen der Kultur. Diesem Volk schlägt ein Herz, aber es liegen so viel Kompressen darauf.
Reißt sie ab. Wagt einmal (was besonders dem Norddeutschen schwer und sauer fällt), wagt einmal, geradeaus zu empfinden. Und wenn euch das Fest nach all dem, was geschehen ist, doppelt lieb, aber doppelt schwierig erscheint, dann denkt daran, wie ihr es im Feld gefeiert habt, und wo – und denkt daran, wie es ein Halt gewesen ist gegen die Lasten des äußern und innern Feindes, und wie schon das Da-

tum, wie schon der Kalender Trost war in verdammt schwarzen Tagen. Und – weil wir hier gerade alle versammelt sind – denkt schließlich und zu guter Letzt – auch an etwas anderes.
Nach dem Kalender fühlen ... Aber habt ihr einmal geliebt ...? Die Damen sehen in ihren Schoß, und die Herren lächeln so unmerklich, dass ich von meiner Kanzel her Mühe habe, es zu erkennen. Also ihr habt geliebt, und ihr – ich sehe keinen an – liebt noch. Nun, ihr Herren, und wenn sie Geburtstag hat? Nun, ihr Herren, und wenn der Tag auf dem Kalender steht, an dem ihr sie zum ersten Mal geküsst habt –? Nun?
Ihr feiert das. Was im ganzen Jahr künstlich oder zufällig zurückgedämmt war – es bricht – wenn's eine richtige Liebe ist – elementar an solchem Tage hervor aus tiefen Quellen. Der Tag, dieser dumme Tag, der doch gleich allen anderen sein sollte, ist geheiligt und festlich und feierlich und freundlich – und ihr denkt und fühlt: sie – und nur sie. Nach dem Kalender ...?
Nicht nach dem Kalender. Ihr tragt alle den Kalender in euch. Es ist ja nicht das Datum oder die bewusste Empfindung, heute müsse man nun ... Es ist, wenn ihr überhaupt wisst, was ein Festtag ist, was Weihnachten ist: euer Herz.

Lasst uns einmal von dem Festtags-›Rummel‹ absehen, der in einer großen Stadt unvermeidlich ist. Lasst uns einmal daran denken, wie Weihnachten gefeiert werden kann, unter wenigen Menschen, die sich verstehen. Das ist kein Ansichtskarten-Weihnachten. Das ist nicht das Weihnachten des vierundzwanzigsten Dezembers allein – es ist das Weihnachten der Seele. Gibt es das –?
Es soll es geben. Und gibt es auch, wenn ihr nur wollt. Grüßt, ihr Herren, die Damen, küsst ihnen leise die Hand (bitte in meinem Auftrag) und sagt ihnen, man könne sogar seine Gefühle nach dem Kalender regeln: zum Geburtstag, zum Gedenktag – und zu Weihnachten.
Aber man muss welche haben.

9

Hochzeit im Winter

Eine Hochzeit im Winter wird unsere kleine Stadt die nächste Zeit wohl nicht vergessen. Denn sie hat bei uns für einen ganz schönen Aufruhr gesorgt. Aber beginnen wir ganz von vorne ...

Pierre hat einst – um es gelinde auszudrücken – ein ziemlich bewegtes Leben geführt. Er war hin und wieder bei Einbrüchen ertappt worden und hatte auch schon mal einen faulen Scheck eingelöst und auf diese Weise die Welt immer wieder mal durch vergitterte Fenster betrachten müssen.

Dann aber kam das Wunder der Liebe über ihn, in der Gestalt eines ganz reizenden Mädchens. Und dieses Mädchen, Janine, krempelte den leichtsinnigen Pierre um. Er arbeitete von nun an fleißig und vor allem ehrbar, erwarb sich eine schöne Stelle und Janine sagte nicht Nein, als er jetzt um ihre Hand anhielt.

Es gab eine lustige Hochzeit in Janines Elternhaus. Allerdings sahen Janine und ihre Eltern mit einiger Sorge zu gewissen Gästen hinüber, die allesamt der Bräutigam eingeladen hatte. Das waren zumeist recht kecke und selbstbewusste Jungs, die immer lauter wurden, je mehr Rotwein sie in sich hineingeschüttet hatten. Und einige zeigten, um es klar zu sagen, richtige Ganovengesichter.
Nach einem Tanz griff Janine sich an den Hals: Und, siehe da, ihre kostbare Perlenkette war verschwunden! Große Aufregung. Pierre sah seine Freunde scharf an, aber die beteuerten lauthals ihre Unschuld.
„Nicht einmal zum Spaß", versicherten sie. Aber einer fehlte, der dürre Jean, in Fachkreisen geachtet als ein Experte unter den Taschendieben. – „Ja – denn", sagten Pierres Freunde gedehnt und fanden Jeans Handlungsweise durchaus unfein, besonders als sich herausstellte, dass einigen anderen Gästen die Uhr oder Brieftasche auf geheimnisvolle Weise abhanden gekommen war.

Wie man sich sehr gut vorstellen kann, war die Stimmung des Festes leicht getrübt. Die Gäste brachen lang vor der Zeit auf. Auch Pierre und Janine suchten früh ihre hübsche Wohnung auf, die sie sich mit viel Kosten und Mühe eingerichtet hatten. Und hier fanden sie eine besondere Überraschung vor: Auf dem großen Tisch im Wohnzimmer waren Geldbörsen, Ketten und Uhren aufgehäuft. Dazu ein Zettel mit den Worten: „Lieber Pierre, zu deinem Hochzeitstag wünsche ich dir alles Gute. Was immer du mit meinen Geschenken auch machen wirst, sei's, dass du sie behältst oder wieder zurückgibst, ganz ohne Geschenk wollte ich doch nicht dein Fest besuchen. Dein Kumpel Jean."

Natürlich hat der nun ehrlich gewordene Pierre – unter dem leisen Druck der Frischvermählten – alles brav wieder abgeliefert.
Janine beteuert dennoch, dass Pierres Freunde in Zukunft grundsätzlich nicht mehr eingeladen werden ...

Der parfümierte Tannenbaum

10

Hans Fallada

Weihnachten war gekommen und war vorübergegangen. Es war ein stilles, kleines Weihnachten gewesen, mit einer Tanne im Topf, einem Selbstbinder, einem Oberhemd und ein paar Gamaschen für den Jungen, mit einem Umstandsgürtel und einer Flasche Eau de Cologne für Lämmchen.
„Ich will nicht, dass du einen Hängebauch bekommst", hatte der Junge erklärt. „Ich will meine hübsche Frau behalten." „Im nächsten Jahr sieht der Murkel schon den Baum", hatte Lämmchen gesagt. Im Übrigen hatte es stark gerochen, und die Flasche Eau de Cologne war schon am Weihnachtsabend alle geworden.
Wenn man arm ist, kompliziert sich alles. Lämmchen hatte sich das ausgedacht mit der Tanne im Topf, sie wollte sie weiterziehen, im Frühjahr umtopfen. Im nächsten Jahr sollte sie der Murkel sehen, und so sollte sie immer größer, immer strahlender, im Wettwachsen gleichsam mit dem Murkel, von

Weihnachtsfest zu Weihnachtsfest wandern, ihre erste und einzige Tanne. Sollte.
Vor dem Fest hatte Lämmchen die Tanne auf das Kinodach gestellt. Weiß der Himmel, wie die Katze dahin fand, Lämmchen hatte nie gewusst, dass es hier überhaupt Katzen gab. Aber es gab welche, Lämmchen fand ihre Spur auf der Erde des Topfes, als sie den Baum schmücken wollte, und die Spur roch stark. Lämmchen beseitigte, was zu beseitigen war, sie scheuerte und wusch, und konnte doch nicht hindern, dass der Junge, kaum war der offizielle Teil der Feier mit Kuss und In-die-Augen-schauen und Geschenke-Besehen vorüber – sie konnte nicht hindern, dass der Junge sagte: „Du, das riecht hier aber sehr merkwürdig!"
Lämmchen berichtete, der Junge lachte und sagte: „Nichts einfacher!" Er öffnete die Eau-de-Cologne-Flasche und spritzte etwas auf den Topf. Ach, er spritzte noch oft diesen Abend, die Katze ließ sich betäuben, aber dann erwachte sie immer wieder siegreich zu neuem Leben, die Flasche wurde leer, die Katze stank. Schließlich setzten sie noch am Heiligen Abend den Baum vor die Tür. Es war nicht dagegen aufzukommen.
Und am ersten Feiertag, ganz früh, ging Pinneberg los und stahl im Kleinen Tiergarten ein Häuflein

Gartenerde. Sie topften die Tanne um. Aber erstens stank sie auch dann noch, und zweitens mussten sie feststellen, dass es keine in einem Topf gezogene Tanne war, sondern ein Dings, dem der Gärtner alle Wurzeln abgehauen hatte, um sie in den Topf zu kriegen. – Ein Blender auf vierzehn Tage.

11

Verschneite Welt

Joseph Roth

Seit gestern schneit es. Das ist kein Schnee von leichtem Oktobergeblüt, wie ihn manchmal spottlustige Herbstwolken aus den Ärmeln schütteln. Kein schwindsüchtiger Schnee, der kaum auf dem Pflaster angekommen, in ein nasses Nichts vergeht wie eine Kriegsschaumtorte auf der Zungenspitze. Kein herbstlicher Schwindelschnee, der eigentlich nur ein weiß verkleideter Regen ist. Seit gestern ist der ehrliche, charaktervoller Schnee da, der Schnee, aus dem die Zuckerkrone des lieben Gottes gemacht ist, der Schnee aus dem Wintermärchen, der Schnee, der Schneeballen und der Schneemänner.
Stunden, die von den Turmuhren fallen, sinken bis über die eigenen Ohren in den weichen Flaum und lassen nichts mehr von sich hören. Die hohen Töne der Automobile und die Trompetenstöße der Tramwayschaffner wollen schreien und können nicht. Weiße, wollige Flocken legen sich ihnen um Brust und Hals und ersticken sie. Räder knirschen, und

Fahrradklingeln sind eingehüllt in dämpfenden Hermelin. Alle Geräusche der Stadt liegen eingewickelt in bauschigem Schnee wie kostbare Instrumente in Watte.

Die Stadt wird vornehm wie eine Silberkönigin in blendendem Pelz. Ihre Pagen, die goldenen Glocken, schreiten in weißen Pelzpantöffelchen durch die Luft. Weiches Schneestaubpuder macht die hässlichen Sorgenrunzeln in ihrem Gesicht unkenntlich. Die Königin Stadt ruht. Wunderbar weiß sind ihre Glieder.

Der Schnee schläft dicht und fest auf den Drähten, auf den Kuppeln der Telegrafenstangen, auf Türmen, Erkern und Giebeln. Er hüllt dünne, frierende Zweige ein, wie man Kinder nach einem Bad einwickelt in weiches Flanell. Die Laternen haben weiße, spitzige Narrenkappen und vor den Gesichtern dünne Schleier mit großen weißen Tupfen. Die goldenen Lichtkugeln der Autos und Straßenbahnen wirbeln Kügelchen aus Quecksilber vor sich her, die wie Sonnenstäubchen tänzeln. Alte, missgünstige Besen sind heftig bemüht, den Kobold Schnee zur Ordnung zu rufen. Sie weisen ihn weg vom Trottoir: „Du pass auf, hier darfst du dich nicht hinlegen.“ Aber der Schnee ist ganz ungezogen und setzt sich rittlings auf die schneesüchtigen Besen und die eifrig ge-

beugten Rücken der Herren Hausmeister. So ist der Schnee.
Die Wolken lagern dicht über den Dächern, um den Schnee leichter aus ihren weiten Manteltaschen schütten zu können. Leichte, dunstige Nebelzungen lecken an den Stirnen der Häuser. Die Menschen hasten durch die Gassen, sie sind gebückt, wenn sie tragen Lasten von weißen Wundern auf den Schultern nach Hause.

12

Das Weihnachtsfest des alten Schauspielers Nesselgrün

Salomo Friedländer

Am 21. August 1910 wurde der bejahrte Schauspieler Giselher Nesselgrün so sentimental, wie er es sonst nur an Weihnachten war, und mit einer von der Theatromanie begünstigten Einbildungskraft versetzte er sich in eine so festliche Stimmung, dass er beim Gärtner ein Tannenbäumchen erstand und alles irgend Nötige zur Ausschmückung und gehörigen Bescherung einkaufte. „Das ist doch geradezu lächerlich", knurrte er, „die Feste zu feiern, wie sie fallen! Die Natur ist nur eine Art unbequemes Theater mit unübersehbarer Regie – ach! und mit lumpiger Gage. Corrigeons la nature!"

Gegen Abend entzündete Nesselgrün die ganze Pracht, sein Phonograph ließ einen herrlichen Choral ertönen. Der alte Herr schellte, seine Wirtin kam und geriet über das Ungewöhnliche in einige Besorgnis.

„Ihre Kinderchen, bitte!", rief der alte Herr.

„Ja, aber Herr Nesselgrün, mit Weihnachten hat es doch noch Zeit – fühlen Sie sich wohl?"
„Ich danke, Frau Julke; also, bitte, die Kinder!"

Die Kinder erschienen, von Frau Julke ängstlich behütet, zwei Buben und noch ein ganz kleines Mädchen. Sie brachen in ein grässliches Hallo aus, als im Moment ein kleines Tischfeuerwerk losprasselte und abbrannte. Frau Julke seufzte und fuhr mit der Hand nach dem Herzen. Dann sagte sie:
„Mir freut es gewiss, Herr Nesselgrün, wenn Sie meine Kinders so 'ne Überraschung machen – das muss ich Sie aber doch sagen: so alt als ich geworden bin."
„Julke!", unterbrach sie der alte Herr streng, „Sie verstehen nichts von Regie, und Ihr Kaffee schmeckt wie Langeweile mit Ekel drin – jehn Sie hinter die Kulisse, das rate ich Ihnen!"
Die Kinder weinten, Frau Julke riss sie aus dem Zimmer und schlug die Tür hinter sich zu. „Eine schlimme Weihnacht", brummte Giselher. Er sah aus dem Fenster, weil es ihm unten nicht geheuer schien. Eine Menge Menschen starrten zu ihm hinauf, unter ihnen stand Frau Julke, gestikulierte stark und hielt eine Rede. Die Leute lachten und johlten. Giselher stellte den Phonographen ins Fenster. „Stille Nacht, heilige Nacht", ertönte es in den Lärm hinein. Die

Leute führten jetzt vor Vergnügen wahre Veitstänze auf. Nesselgrün wurde wütend: „Das Spiel ist vortrefflich", schrie er hinunter, „die Regie bewährt sich vollkommen. Dass das Publikum aus der Rolle fällt und den dürftigen prosaischen Umstand, dass heute außerhalb unseres Spiels Ende August ist, nicht vergisst" –, mit eins entstand unten tiefe Stille, alles hielt den Atem an, unwillkürlich gefesselt – „dass das Publikum", fuhr Nesselgrün ingrimmig fort, „nicht so viel Illusionskraft hat, sich im Sommer den Winter vorzustellen, kommt mir bedenklich vor. Es ist ein Mangel an künstlerischer Kraft. Müsst ihr immer erst ins Theater gehen, Leute, oder auf Traum und Fastnacht, auf Rausch und Irrsinn warten, ehe ihr so kühn werdet, die Natur zu dirigieren? Ist nicht Weihnachten ein so schönes, erquickliches Fest, dass man es mindestens einmal in jedem Monat feiern sollte? Glaubt mir altem, ausgedienten Manne!"
Damit schleuderte er Konfetti und künstlichen Schnee auf die Straße, und in einem Nu steckte er das kindliche Volk mit seiner Begeisterung an. Die allezeit zu Scherz, Fest und Freude aufgelegte Jugend riss die Eltern mit sich fort. Alle Gärtnerläden wurden geplündert. Bald flammten Lichtbäume an allen Fenstern; man sang heilige Lieder. Der kleine

Ort war die ganze Nacht hindurch voller Fröhlichkeit.

„Es ist der schönste Erfolg, den jemals ein Schauspieler errungen hat!", seufzte Nesselgrün. „Da leben sie nun, ganz in meine Illusion gehüllt. Ach! aber wer andere hineinversetzen will, darf selber nicht darin sein." Er zog seinen Schlafrock eng um seine alten Glieder.

„Frau Julke!", brüllte er.

Die Frau steckte ihre Nase durch die Tür.

„Welches Datum haben wir heute?"

„Außerhalb oder sonstwo?", replizierte die Julke.

Nesselgrün lachte: „Sehen Sie, Frau Julke", belehrte er sie, „dem Theater gegenüber muss man vorsichtig sein. Wäre die Regie noch besser gewesen, dann hätte es heute auch außerhalb geschneit."

„Oh, du mein Gott", jammerte die Julke, „Sie machen alle Welt verrückt. Einen vom Theater nehme ich nie wieder!

13

Wenn die Lichter brannten

Gustav Freytag

Viele Wochen vor Weihnachten sind die Knaben in emsiger Tätigkeit, denn als ein Hauptschmuck des Festes wird nach Landesbrauch das Krippel aufgestellt, Bilder der Krippe, in der das Kindlein liegt, mit Maria und Joseph, den heiligen drei Königen, den anbetenden Hirten mit ihren Schafen und darüber der glitzernde Stern und Engel, welche auf einem Papierstreifen die Worte halten: „Gloria in excelsis". Die Figuren kauften die Kleinen auf Bilderbogen, schnitten sie mit der Schere aus und klebten ein flaches Hölzlein mit Spitze dahinter, damit die Bilder in weicher Unterlage hafteten. Der heiligen Familie aber, dem Ochsen und Eselein wurde ein Papphaus mit offener Vorderseite verfertigt, auf dem Dach Strohhalme in Reihen befestigt, der Stern war von Flittergold. Das Waldmoos zu dem Teppiche, in welchen die Figuren gesteckt wurden, durften wir aus dem Stadtwald holen, dorthin zog an einem hellen Wintertage die Mutter mit den Kindern, begleitet

von einem Manne, der auf einer Radeber den Korb für das Moos fuhr. Es war zuweilen kalt und die Schneekristalle hingen am Moose, aber mit heißem Sammeleifer wurden die Polster an den Waldrändern abgelöst und im Korbe geschichtet, daheim auf einem großen Tisch zusammengefügt und an zwei Ecken zu kleinen Bergen erhöht. In der Mitte des Hintergrundes stand die Hütte, über ihr schwebte an seinem Drahte der Stern, auf den beiden Seiten hatten die Hirten und Herden mit den Engeln zu verweilen. Die ganze Figurenpracht wurde durch kleine Wachslichter erleuchtet, welche am Weihnachtsabend zum ersten Mal angesteckt wurden.
Wenn die Lichter brannten und die Engel sich bei leichter Berührung wie lebendig bewegten, dann hatten die Kinder zum ersten Mal das selige Gefühl, etwas Schönes verfertigt zu haben. Während des Festes wurden dann ähnliche Arbeiten kleiner und erwachsener Künstler besehen, denn fast in jedem Haushalt stand ein Krippel, und mancher wackere Bürger benutzte seine Werkstatt, um dasselbe durch mechanische Erfindungen zu verschönen; man sah auf den Bergen große Windmühlen, deren Flügel durch rollenden Sand eine Zeitlang getrieben wurden, oder ein Bergwerk mit Grubeneinfahrt, in welchem Eimer auf und ab gingen, und häufig stand

ganz im Vordergrund ein schwarz und weiß gestrichenes Schilderhaus mit rotem Dach und davor die preußische Schildwache. Aber diese Zusätze waren dem Knaben niemals nach dem Herzen, er hatte die dunkle Empfindung, dass sie sich mit den Engeln und den heiligen drei Königen nicht recht vertragen wollten.

14

Vom Feuermännchen und der Maus Grisegrau

Paula Dehmel

»Heut will ich euch die Geschichte vom Feuermännchen erzählen«, sagte eines Abends unsere gute alte Tante Minna; »sie ist zwar ein bissel gruselig, aber ich will sie euch doch erzählen.
Ihr müßt wissen, zu Hause in Pankenbrück hatten wir einen großen Kachelofen, so einen recht altmodischen grünen Kachelofen. Und blanke Haken hatte er, um nasse Kleider dran aufzuhängen, und eine Warmröhre mit einer Messingtüre hatte er auch. Darin gab es im Winter Bratäpfel oder ein Töpfchen mit Kaffee für den Fritz und die Grete, wenn sie müde und hungrig vom Schlittschuhlaufen kamen.
Ich sage euch Kinder, es war ein Prachtstück von einem alten Kachelofen!
Und was das Herrlichste war, es wohnte ein Feuermännchen drin, ein wirkliches gelbes Teufelchen. Wenn man unten die Tür aufmachte und die rote Glut einem entgegenschlug, konnte man ihn deut-

lich hüpfen und springen sehn, hopp, hopp, immer durch die Flammen durch, hinüber und herüber. Manchmal machte er auch einen ganz lächerlichen Spektakel. Er amüsierte sich, die Holzstücke, die nicht gleich brennen wollten, knack, mitten durchzubrechen, spuckte auch wohl in die Flammen, daß sie sprühten und zischten, und kicherte vernehmlich hinterher. Kurz und gut, er war eben ein rechtes Teufelchen, wie alle andern Feuermännchen auch sind.

Doch nun kommt meine Geschichte.

Einmal nämlich musste ich eine Mausefalle aufstellen. Im Eckschrank in der Wohnstube hatte das Brot ein ganz verdächtiges Loch gehabt. Ich briet ein Stück Speck hübsch knusprig und legte es in die Falle. Am andern Morgen war der Speck weg, die Falle aber zu und von einem Mäuschen nix zu sehn. Grete und ich schüttelten verwundert die Köpfe; bloß der Fritz, der sich über nichts wunderte, lachte unbändig, sodass wir schon glaubten, er habe das Mäuschen wieder laufen lassen. Er sagte aber Nein, und da er ein wahrhaftiger Junge war, mussten wir ihm schon glauben. Ich machte ein neues Stückchen Speck zurecht und richtete die Falle zum zweiten Male. Aber es ging wie vorher: Speck weg, Maus weg, Falle zu! Das ging nicht mit rechten Dingen zu!

Ich machte mir nun mein Bett auf dem Sofa in der Wohnstube zurecht und wollte aufpassen. In der Falle roch wieder ein saftiges Speckstückchen. Ich legte mich hin und blinzelte von Zeit zu Zeit hinüber, aber es blieb alles still.

Wenn der Vollmond nicht so hell ins Zimmer geschienen hätte, wäre mir die Zeit gewiss recht lang geworden. Endlich hörte ich Trippelschrittchen, und – Kinder, da hatten wir die Bescherung! Da kam mein Mäuschen, aber nicht allein, es hatte einen artigen Kavalier bei sich, nämlich unser leibhaftiges Feuermännchen. Der ging an die Falle, hielt zierlich und geschickt das Fallbrettchen hoch, Mäuschen holte den Speck, und als sie außer Gefahr war, ließ das Kerlchen vorsichtig den Deckel wieder fallen. Ich sah belustigt zu, mit welchem Appetit sie dann den Speck verzehrten, und spitzte die Ohren, was sie wohl sonst noch machen würden.

Ich brauchte nicht lange zu warten, bis sie ihre drolligen Spiele anfingen.

Mitten auf der Diele war ein großer weißer Fleck, den hatte der Vollmond dorthin gemalt. Da begannen sie ihre Kunststückchen. Wie die geschicktesten Turner und Seiltänzer sag' ich euch!

Einmal war Feuermännchen der Reiter und Maus das Pferdchen. Hui, ging's immer rundum, ohne

Sattel und Zaum. Nein, das hättet ihr wirklich sehn müssen! Von Mäuschens kleinen Ohren bis zu Mäuschens Schwanzspitze lief das behände Männchen hin und her, vorwärts und rückwärts, dass sein gelbes Röckchen sich um ihn bauschte und die roten Schuhe klapperten. Dabei schoss er noch Köpfchen und schlug Räder; ich sage euch, mir wurde ganz wirblig dabei.

Oder Maus lief ihrem Kameraden blitzschnell durch die Beine, rechtsum, linksum, sprang ihm unversehens über den Kopf weg, wieder durch die Beine und lief ihm endlich davon. Dann begann ein tolles Haschen über Stuhl und Tisch, oben und unten; von der Gardinenstange aufs Fensterbrett, von dort auf die Sofalehne oder quer über die Kommode, bis sie sich endlich hatten und müde waren. Dann setzten sie sich artig auf eine Fußbank und streichelten und küssten sich wie richtige Liebesleute.

Bald aber tollten sie wieder wie vorher. Das dauerte so eine gute Stunde; da ging der Mond weg, und Maus und Feuermännchen verschwanden im Ofen, unten, wo schon lange eine Kachel fehlte. Na, nun wusste ich Bescheid und nahm mir vor, da nun einmal das Mäuschen unserm Feuermännchen sein Schatz war, ihr nix Böses zu tun. Im Gegenteil, Grete musste jeden Tag ein Puppenschälchen voll Milch vor das Ofenloch stellen; und ich tat ab und zu auch noch einen andern guten Bissen hinein; wusste ich doch, dass auch Feuermännchen kein Kostverächter sei.

Bald war das Mäuschen so zahm, dass es sich auch am Tage hervorwagte, ja, es stellte sich zu den Mahlzeiten ein und trug manch Häppchen zu ihrem Schatz ins Ofenloch. Wir nannten sie Frau Grisegrau und hatten sie alle lieb.

Wenn Vollmond war, ließ es mir keine Ruhe; eine Nacht wenigstens musste ich ihrem übermütigen Treiben zusehen. Auch dem Fritz und der Grete machte ich mal im Wohnzimmer ihr Bett auf; aber die dummen Jöhren schliefen immer ein und wussten am andern Morgen nix vom Feuermännchen und nix von Frau Grisegrau.

So lebten wir ein paar schöne Jahre zusammen; und wenn die Bratäpfel in unserm alten Ofen schmorten und draußen der Sturm ging, erzählte ich den Kindern neue Kunststücke von Feuermännchen und Grisegrau, und sie guckten vergnügt ins Ofenloch und sahen das Teufelchen lustig flackern und springen.

Doch nun kommt's traurig, Kinder, denn alles Schöne hat im Leben mal ein Ende.

Eines Tages lag unser Mäuschen tot vor ihrem Loche. Ein fremder Kater hatte sich hereingeschlichen und es erwischt. Ich verjagte ihn, aber ich kam zu spät. Ich blieb im Wohnzimmer, und als der Mond kam, sah ich unser Feuermännchen klagend um die Leiche gehen. Zuletzt nahm er sie auf den Rücken und ging langsam den gewohnten Weg durch die Kachel. Im Ofen war noch Glut, ich bückte mich, um hineinzusehen, da war er schon mit seiner lieben Grisegrau mitten drin. Hellauf loderten die Flammen, die die kleine Maus begraben sollten; ganz stille hockte das Feuermännchen daneben und sah zu.

Mir war ganz traurig zumute, als ob mir was liebes gestorben wäre ...

Bei uns im Hause wurde es auch still, seitdem Feuermännchen und Grisegrau nicht mehr zusammen spielten. Der Fritz kam zu den Soldaten und die Grete wurde Erzieherin weit weg in Ungarn. Für mich allein mochte ich keine Bratäpfel mehr in den alten Kachelofen legen, und auch das Feuermännchen habe ich seit jener Nacht nicht wieder gesehen."

15 Die fast entfleuchte Weihnachtsgans. Nach einem Schwank aus dem Rheinland

Dietmar Jaegle

Wem ist nicht schon einmal der Bissen von der Gabel gefallen, just vorm gierig aufgerissenen Maul, wem nicht das beste Bratenstück vor der Nase weggekauft worden! Dergestalt das Nachsehen haben ist bitter. Und so heißt's ganz recht: Wohl dem, der sich zu helfen weiß, bevor alles zu spät ist. Nicht ungern vielleicht hört man also von einer, die mit List und Tücke ihren saftigen Anteil zu guter Letzt noch zu retten wusste.

Crescenzia war sicher die dickste Haushälterin, die einem Pfarrer rheinauf und rheinab die Wäsche (und manchmal den Kopf) wusch. Aber sicher war sie auch die beste Köchin. Was freilich nicht allzu viele Amtskollegen des Pfarrers von Vettenich wussten, denn am liebsten pflegte er sein Mahl mit Crescenzia zu teilen. Und die wiederum wusste das Essen und den Pfarrherrn so zu schätzen, dass sie ungern auf das eine oder den andern verzichtet hätte. Höhepunkt im Kirchen- und Küchenjahr war unbestritten Crescenzias weihnachtlicher Gänsebraten, verzehrt beim gemeinsamen Mahl. Auch heuer war auf dem Markt wieder die schönste Gans ausgeguckt, lebend nach Haus und dann zu Tode gebracht, gerupft, gestopft und in den Ofen geschoben worden. Hier brutzelte sie nun bereits geraume Zeit und verströmte durchs ganze Haus ihren köstlichen Duft, der dem Pastor wohlig in die Nase stieg. Und pünktlich wie der Viertelstundenschlag vom Kirchturm erscholl des Pfarrers Stimme: „Crescenzia, wann ist's so weit?" Goldgelb-knusprig war bereits die Gans, da klopfte es an die Tür. Potz sapperment, ein Gast, das konnte, durfte nicht sein! Nicht jetzt, so kurz vorm Essen. Die säulengleichen Beine unsrer guten Crescenzia zitterten heftig, als sie die Tür öffnete – und ins hungrig-ausgemergelte Gesicht des Pfarrers von Bessernich blickte, der als neu eingesetzter Seelsorger der Nachbargemeinde wohl auf einen nahrhaften Antrittsbesuch bei seinem Amtsbruder hoffte. Würde, ja musste – so durchschoss es Crescenzia siedend heiß – der Herr Pfarrer die kostbare Gans mit dem Ankömmling teilen, wie es die Höflichkeit gebot? Bliebe sie also ausgeschlossen vom Mahl des Herrn? O heiliger Petrus, steh mir bei, jedes Opfer – bloß nicht die Gans!

Und – dem Himmel sei Dank – Petrus hatte ein Einsehen, Crescenzia aber einen Einfall, wie er nur aus der höchsten Not geboren wird. Sie brachte ihr ohnehin schreckensbleiches Mondgesicht ans Ohr des Eintretenden und wisperte: „O Gott, Herr Pfarrer, der Herr Pfarrer ..." Das Gesicht des Angesprochenen zeigte Unverständnis. „O Gott, Herr Pfarrer, der Herr Pfarrer, mein Pfarrer ... er ist verrückt geworden! Kommt mal ein Gast zum Essen zu uns, wird ihm die Ehr erwiesen, das schon, er wird zu Tisch gebeten, das schon, doch dann ... Nein, es ist zu schrecklich!" Die Augen des Bessernicher Pfarrers weiteten sich. „Hochwürden, nur so viel ... das letzte Mal hab ich dem Herrn Pfarrer das Bratenmesser grad noch entreißen können, sonst hätte er – und zuvor, nein, es ist zu schrecklich, zuvor, mit der besten Miene der Welt, fragt er: ‚Brust oder Keule?'" Hier brach Crescenzia in Tränen aus – was ihr nicht schwerfiel, wenn sie an den womöglich ganslosen Weihnachtsabend dachte. „Und zuvor", wimmerte also Crescenzia wogenden Busens, „zuvor, stets mit der besten Miene der Welt: ‚Brust oder Keule?'" Während einer kurzen Pause schien sie auf Rettung des Bessernicher Pfarrers zu sinnen. Und sprach: „Um unsres Herrn Jesus Christus willen, heißt's ‚Brust oder Keule', dann nehmt Eure Beine in die Hand und lauft, was Ihr könnt!"

In diesem Moment kam der Hausherr die Treppe herab. Was blieb diesem anderes übrig, als den „lieben Amtskollegen“ zu begrüßen und ihn wohl oder übel zum gemeinsamen Gänseschmaus einzuladen. Tief verzweifelt deckte Crescenzia den Tisch. Das Verhängnis schien seinen Lauf zu nehmen. Denn der Vettenicher hatte sich auf seine Gastgeberpflichten besonnen, redete freundlich, sodass der Bessernicher zwar ängstlich alles im Auge behielt, aber doch bei der Suppe kräftig zulangte. Wie Abraham den Isaak seinem Herrn und Gott, so legte unsere Crescenzia den geistlichen Herren ihre geliebte Gans vor. Dann verließ sie das Zimmer – sie konnt's nicht mit ansehen –, blieb aber vor der Tür stehn und legte ihr vor Aufregung rot glühendes Ohr an die Tür.
In diesem Augenblick stand für Crescenzia mehr als ein Braten auf dem Spiel, es galt ihren Glauben an einen gerechten Gott! Von drinnen ertönte Gemurmel, dann wetzte der Gastgeber heftig die Tranchiermesser, es folgte nervöses Füßescharren. Nach einem Moment der Stille ließ sich die sonore Stimme des Hausherrn vernehmen, salbungsvoll die Worte sprechend: „Brust oder Keule?“ Gleichsam als Echo kreischte Crescenzia unwillkürlich auf: „Brust oder Keule!“ Im selben Moment fiel krachend ein Stuhl um, wurde die Tür aufgerissen. Der Bessernicher

drückte sich in panischem Schrecken an Crescenzia vorbei, stürzte zur Haustür hinaus. Und schon sah man ihn als immer kleiner werdendes, armerudern-des Etwas den Feldweg entlangstürmen: ein schwar-zes Ausrufezeichen im Schnee! Auf dem Schauplatz zurück blieben der völlig verdutzte Hausherr, die weniger verblüffte Crescenzia und eine Gans, die von beiden im besten Einverständnis und bei man-chem Glas Wein genüsslich verzehrt wurde.

Christkind verkehrt

16

Hans Fallada

Ich hatte mir zu Weihnachten ein Puppentheater gewünscht, ein Puppentheater aus Pappe, mit Proszenium, Soffitten und Hintergrund, mit den Figuren für Wilhelm Tell – alles aus Pappe. Auf meines Bruders Uli Wunschzettel aber hatte eine Robinsonade gestanden, aus Blei, Robinson und Freitag und Palmen und eine Hütte und das »Pappchen« in seinem Rutenkäfig, alles aus Blei.

Einmal ist es so weit, und die kleine silberne Bimmel klingelt, und die Tür tut sich auf, und der Baum strahlt, und wir marschieren auf ihn zu wie die Orgelpfeifen, nach dem Alter: erst Uli, dann ich, dann Margarete, dann Elisabeth. Und nun stehen wir vor dem Baum, rechts und links von ihm Mama und Papa, und wir sagen jeder etwas auf: ein Weihnachtslied oder ein paar hausgemachte Verse. Während das geschieht, ist es verboten, nach den Tischen zu schielen, aber ich wage doch einen Blick – und da, links von mir, steht das Puppentheater, strahlend, und der Vorhang ist aufgezogen, und Tell ist auf der Bühne und Geßler – welches Glück!

Aber wie nun Elisabeth als die Letzte ihr Sprüchlein gesagt hat und wir zu unsern Tischen dürfen, da führt mich Mama nicht nach links, nicht zu dem Puppentheater, sondern nach rechts, wo auf einem großen Brett mit gelbem Sand und grünem kurzem Moos und blau gestrichenem Meer die Robinsonade aus Blei aufgebaut ist –: »Dein Bruder Uli«, sagt Mama, »ist voriges Jahr viel besser weggekommen als du. Und deshalb bekommst du in diesem Jahr den Robinson, der ist viel schöner.«

Und nun standen wir beide da, wie die rechten Küster, und versuchten zu spielen, er mit »meinem« Puppentheater, ich mit »seinem« Robinson, und das Herz war uns schwer, und zu freuen hatten wir uns doch auch. Und ab und an wagten wir einen Blick zum andern und fanden, der konnte gar nichts mit »unserm« Spielzeug anfangen.

Aber das Seltsame an diesem sonst ganz unweihnachtlichen Weihnachtserlebnis war, dass wir – Uli und ich – nun nicht etwa, als die weihnachtlichen Freuden verrauscht und wir mit unserm Spielzeug aus dem Bescherungs- in »unser« Zimmer übergesiedelt waren, dass wir da nicht etwa unsere Weih-

nachtsgeschenke austauschten und das so falsch Begonnene richtig vollendeten ...
Nein, das Seltsame war, dass Uli leidenschaftlich an seinem Puppentheater hing und dass ich wie ein Hofhund über meinem Robinson wachte. Von all den vielen Weihnachtsfesten meiner Kindheit ist dieses eine nur mir ganz unvergesslich und deutlich geblieben: mit dem spähenden Entdeckerblick zum Tisch, mit dem »Besser-Wegkommen«, mit dem Sich-freuen-Müssen, mit dem verlegenen Schuldgefühl. Kein Spielzeug hat den Glanz dieses falschen Robinsons, es ist mitgegangen mit mir durch mein Leben, und heute noch, wenn ich nicht einschlafen kann, spiele ich Robinson.

17

Besuch einer Christmette

Friedrich Daniel Ernst Schleiermacher

Ernestine begann. Zu Hause waren dem fröhlichen Feste allerlei trübselige Umstände vorhergegangen, die sich nur kurz zuvor ziemlich glücklich aufgelöst hatten. Es war daher weniger und bei weitem nicht mit so viel Liebe und Fleiß als gewöhnlich für die Freude der Kinder gesorgt worden. Dies war eine günstige Veranlassung, um einen Wunsch zu befriedigen, den ich schon ein Jahr früher, aber vergeblich, geäußert hatte. Damals nämlich wurden noch in den späten Abendstunden die so genannten Christmetten gehalten und bis gegen Mitternacht unter abwechselnden Gesängen und Reden vor einer unsteten und nicht eben andächtigen Versammlung fortgesetzt. Nach einigen Bedenklichkeiten durfte ich wohlbegleitet mit dem Kammermädchen der Mutter zur Kirche fahren. Ich weiß mich nicht leicht einer so gelinden Witterung um diese Zeit zu erinnern als damals. Der Himmel war klar und doch der Abend fast lau. In der Gegend des fast schon verlöschenden Christmarktes trieben sich große Scharen von Knaben umher mit den letzten Pfeifen, Piepvögeln und Schnurren, die um einen wohlfeilen Preis losgeschlagen wurden, und liefen lärmend auf den Wegen zu den verschiedenen Kirchen hin und her. Erst ganz in der Nähe vernahm man die Orgel und wenige unordentlich begleitende Stimmen von Kindern und Alten. Ohnerachtet eines ziemlichen Aufwandes von Lampen und Kerzen, wollten doch die dunklen altersgrauen Pfeiler und Wände nicht hell werden, und ich konnte nur mit Mühe einzelne Gestalten herausfinden, die nichts Erfreuliches hatten. Noch weniger konnte mir der Geistliche mit seiner quäkenden Stimme einige Teilnahme einflößen; und ich wollte eben ganz unbefriedigt meine Begleiterin bitten zurückzukehren, und sah mich nur noch einmal überall um. Da erblickte ich in einem offenen Stuhl, unter einem schönen alten Monument, eine Frau mit einem kleinen Kinde auf ihrem Schoß. Sie schien des Predigers, des Gesanges und alles um sie her wenig zu achten, sondern nur in ihren eigenen Gedanken tief versenkt zu sein, und ihre Augen waren unverwandt auf das Kind gerichtet. Es zog mich unwiderstehlich zu ihr, und meine Begleiterin musste mich hinführen. Hier hatte ich nun auf einmal das Heiligtum gefunden, das ich so lange vergeblich gesucht. Ich stand vor der edelsten Bildung, die ich je gesehn. Einfach gekleidet war die Frau, ihr vornehmer, großer Anstand machte den offenen Stuhl zu einer verschlossenen Kapelle; niemand hielt sich in der Nähe und dennoch schien sie auch mich nicht zu bemerken, da ich dicht vor ihr stand. Ihre Miene schien mir bald lächelnd, bald schwermütig, ihr Atem bald freudig zitternd, bald frohe Seufzer schwer unterdrückend, aber das Bleibende von dem allem war freundliche Ruhe, liebende Andacht, und herrlich strahlte diese aus dem großen schwarzen, niedergesenkten Auge, das mir die Wimpern ganz verdeckt hätten, wenn ich etwas größer gewesen wäre. So schien mir auch das Kind ungemein lieblich, es regte sich lebendig, aber still und schien mir in einem halb unbewussten Gespräch von Liebe und Sehnsucht mit der Mutter begriffen. Nun hatte ich lebendige Gestalten zu den schönen Bildern von Maria und dem Kinde; und ich vertiefte mich so in diese Fantasie, dass ich halb unwillkürlich das Gewand der Frau an mich zog, und sie mit bewegter sehr bittender Stimme fragte: darf ich wohl dem lieblichen Kinde etwas schenken? Und so leerte ich auch schon einige Händchen voll Näschereien, die ich zum Trost in aller etwaigen Not mitgenommen, auf seine Bedeckungen aus; die Frau sah mich einen

Augenblick starr an, zog mich dann freundlich zu sich, küsste meine Stirn und sprach: „O ja, liebe Kleine, heute gibt ja jedermann, und alles um eines Kindes willen.“ Ich küsste ihre um meinen Hals gelegte Hand und ein ausgestrecktes Händchen des Kleinen, und wollte schnell gehn; da sagte sie: warte, ich will dir auch etwas schenken; vielleicht kenne ich dich daran wieder. Sie suchte umher und zog aus ihren Haaren eine goldene Nadel mit einem grünen Stein, die sie an meinem Mantel befestigte. Ich küsste noch einmal ihr Gewand und verließ schnell die Kirche mit einem vollen, über alles seligen Gefühl.

18

Das Weihnachtsfest war nahe

Marie von Ebner-Eschenbach

Das Weihnachtsfest war nahe, wir konnten die Tage bis zum 24. Dezember schon an den Fingern abzählen, als sich etwas begab, das uns in die größte Aufregung versetzte. Vor unsern Nasen gleichsam verschwanden unsere Puppen. Auf einmal waren alle fort. Eine vollständige Puppenauswanderung hatte stattgefunden. Das Bett, in das Fritzi gestern noch ihre älteste Tochter, die große Christine, schlafen gelegt hatte – leer. Die Angehörigen Christinens hinweggefegt, als ob sie nie da gewesen wären. Meine blonde Fanchette, die freilich von der Blondheit nur noch den Ruf besaß – denn eine geduldige Friseurin war ich nicht –, ebenfalls unauffindbar. Wir kramten vergeblich nach ihr in unsern Laden, durchforschten alle Schränke und Winkeln. Wir liefen ins Kinderzimmer und klagten die armen kleinen Brüder des Raubes unserer Puppen an. Dass wir auch im vorigen Jahre kurze Zeit vor Weihnachten denselben Jammer erlebt und dann unter dem Christbaum ebenso viele Puppen, als wir vermisst hatten, mit glänzend lackierten Gesichtern, reichem Gelock und schön gekleidet sitzen sahen, fiel uns nicht ein. Oh, wir waren dumme Kinder! Ich glaube nicht, dass es heutzutage noch so dumme Kinder gibt. Pepinka, ärgerlich über die Nachgrabungen, die wir nun auch in dem von ihr beherrschten Reiche zu unternehmen begannen, ließ sich zu einem unvorsichtigen Worte hinreißen. „Geht, geht! Sucht eure Puppen dort, wo sie sind." „Weißt du, wo sie sind? ... Ja, ja du weißt es! Wo sind sie?" Wir ließen nicht nach, gaben ihr keine Ruhe, bis sie endlich, um uns loszuwerden, sagte: „Die kleine Greislerin hat sie gestohlen. Grad ist sie mit der Christine über die Gasse gelaufen." Gestohlen also! Unsere Kinder gestohlen! Durch die kleine Greislerin – oh, das leuchtete uns ein. Der konnte man alles Schlechte zutrauen. Ihre Mutter hatte einen Laden, gerade unter einem der Fenster des Kinderzimmers. Wir kauften dort die Glas- und Steinkugeln, mit denen wir eine Art Kriegsspiel spielten. Von der Mutter erhielten wir immer fünf Stück für einen Kreuzer, von der Tochter nur drei. Genügte das nicht, um uns ein Licht aufzustecken über das ganze Wesen dieser Person? Sie, natürlich, war die Puppenentführerin, sie lief herum mit der Christine, an ihr musste Rache genommen werden.

Es musste! Ich war Feuer und Flamme dafür, und es gelang mir, meine Schwester davon zu überzeugen. Auch die sanfteste Mutter kann grausam werden, wenn es Kindesraub zu bestrafen gilt. Am liebsten würden wir die Missetäterin durchgeprügelt haben – woher aber die Gelegenheit dazu nehmen? Sie bei der Frau Greislerin verklagen? Ach, die tut ihr nichts, die fürchtet sich selbst vor ihr. Was also soll geschehen? Was für ein Gesicht soll unsere Rache haben? Ein schwarzes! machten wir endlich aus. Es war beschlossen, was der Diebin geschehen soll: Wir werden ihr Tinte auf den Kopf gießen. Pepi war ins Nebenzimmer zu den Kleinen gegangen und hatte die Tür geschlossen; wir glaubten unser nichtsnutziges Vorhaben ungestört ausführen zu können. Ich holte eilends das Fläschchen herbei, das unsern Tintenvorrat enthielt; wir schoben in das Fenster, unter dem der Greislerladen sich befand, einen Schemel und bestiegen ihn. Fritzi öffnete den inneren Fensterflügel und mit Mühe nur ein wenig den äußeren, und ich steckte den mit der Tintenflasche bewaffneten Arm durch den Spalt. Jetzt – hinunter mit dem Guss! Hinunter auf die Greislerin, die natürlich nichts Besseres zu tun hat, als dazustehen und ihm ihr schuldiges Haupt darzubieten. Die spanische Armada war einst nicht siegesgewisser ausgezogen als wir zu unserer Unternehmung – und ihr Schicksal teilten wir. Die Elemente erhoben sich wider uns. Es stürmte an dem Tage im Rotgässchen wie anno 1588 auf dem Atlantischen Ozean, und noch dazu gab's ein Gestöber von weichem Schnee. Ein Windstoß entriss meiner Schwester den Fensterflügel und schlug ihn gleich darauf so schnell wieder zu, dass ich kaum Zeit hatte, meinen ausgestreckten Arm zurückzuziehen und das Tintenfläschchen vor dem Sturze zu retten. Sein Inhalt übersprühte die Glasscheibe, tropfte, mit Schnee und Regen vermischt, vom Fenstersimse herab, umhüllte meine Finger mit der Farbe der Trauer. Laut und lebendig gestaltete sich der Schluss des ganzen Abenteuers. Pepinka musste etwas von unserm Treiben vernommen haben, denn plötzlich stürzte sie herbei. Ihr Antlitz glich dem rot aufgehenden Monde, ihre Haubenbänder flogen – ich weiß noch recht gut, dass sie eidottergelb waren. „Ihr Verdunnerten!", rief sie. „Jesus, Maria und Josef! Fenster aufreißen, mitten im Winter! Was fällt euch ein, ihr, ihr ..." Der Rest sei Schweigen. Mögen die Ehrentitel, mit denen sie uns ausstattete, der Vergessenheit anheimfallen. Sie bildeten eine relativ milde Einleitung zu den in prophetischem Tone ausgesprochenen Worten: „Ihr könnt euch freuen. Gleich wird die Polizei über euch kommen!" Da war mit einemmal alles erloschen, jeder Funke des Hasses gegen die Greislerin und bis aufs letzte Flämmchen unsere lodernde Racheglut. Nur noch einen heißen Wunsch hatten wir, nur mit einer Bitte bestürmten wir Pepinka: Nur die Polizei nicht hereinlassen! Nur der Polizei nicht erlauben, dass sie komme, uns „einzuführen"!

19

Weihnachten mal anders

Alexander Vorländer

Weihnachten war vorüber und die Engel lehnten sich gemütlich zurück. Schön war es wieder gewesen. Die Aufgabe, den Menschen wie in jedem Jahr die Botschaft von der Geburt des Heilands nahezubringen, hatte den Engeln Freude bereitet. Am besten hatte ihnen jedoch das große Fest gefallen, das die Engel jedes Mal zum Abschluss von Weihnachten feierten. Da wurde gelacht, getafelt und manches Gläschen Honigwein geleert, einige Engel führten Sketche auf und die älteren Engel raunten sich in schon leicht angeheitertem Zustand nicht ganz jugendfreie Witze zu.
Es lag wohl an der übermütigen Stimmung oder an dem leisen Bedauern darüber, dass es bis zur nächsten Weihnachtsfeier wieder ein ganzes Jahr dauern würde, aber plötzlich stand die Idee im Raum, die Abstände zwischen den Weihnachtsfesten zu verkürzen und das nächste Mal bereits im Sommer zu feiern.

Einige Engel wiegten bedenklich den Kopf und murmelten etwas von Traditionsbruch. Andere waren bei der Idee des Weihnachtsfestes im Sommer Feuer und Flamme. Gott würde es bestimmt ebenfalls gefallen, wenn seine Botschaft öfter unter die Leute käme.

„Eine echte Innovation und die paar ‚Anpassungen' schaffen wir mit links“, warf ein Engel ein, der häufig als Schutzengel in einer Agentur für Unternehmenskommunikation arbeitete und sich deshalb mit effektiver Wortwahl auskannte.

„Innovation, Anpassungen?“, seufzte ein gramgebeugter Engel, der als ewiger Bedenkenträger bekannt war. „Völlig unmöglich. Dieser Plan kann doch gar nicht aufgehen. Wenn ich allein an die Nikoläuse denke!“ Das bevorstehende Unheil dräute geradezu in seiner Stimme und bei dem Wort „Nikoläuse“ sank er in sich zusammen wie die in der Sonne schmelzenden Weihnachtsmänner, die er vor seinem inneren Auge zerfließen sah.

„Genau, endlich mal was Neues“, rief ein forscher Engel dazwischen, der neulich einen Schokoladenbrunnen gesehen hatte. „Flüssige Schoki ist absolut im Trend!“

„Schokolade ist doch völlig überbewertet“, grummelte ein asketisch dreinblickender Engel.

„Wenn nicht gar schädlich“, ergänzte ein weiterer, der immer heimlich die Apothekenumschau las. „Stattdessen Dinkelkekse und Vollkornlebkuchen mit Bio-Honig!“
„Für den Handel wäre es ein Segen“, meldete sich wieder der unternehmenskommunikationsaffine Engel zu Wort, worauf der asketische nur angewidert den Kopf schüttelte und ein weiterer, der sich die Sache der Theologen zu Eigen gemacht hatte, den Gebrauch des Wortes „Segen“ in diesem Zusammenhang nicht nur bedenklich, sondern völlig unangemessen fand, wenngleich die Botschaft der Versöhnung natürlich auch an diesem Punkt gebiete, trotz unterschiedlicher Standpunkte miteinander im Gespräch zu bleiben.
Widerwillig zustimmend nickte ein anderer Engel, der sich besonders für Politik interessierte, obwohl er ansonsten mit dem Theologen-Engel nur selten Berührungspunkte hatte.
„Diese Ressourcenverschwendung!“, stöhnte ein Engel, der nicht ohne Stolz ein naturgebleichtes Jutegewand trug.
„Konsumterror!“, zischte ein anderer dazwischen und beide nickten sich zu, wenn auch aus leicht unterschiedlichen Beweggründen.
„Wären die Menschen nicht von einem zweiten

Weihnachten im Jahr quasi überfordert? Ich meine, das müssten wir unbedingt bedenken. Also, ich hielte das für unheimlich wichtig. Ich meine, nicht nur finanziell, sondern sozusagen auch mental. Ich sag' mal, das dürfen wir keinesfalls außer Acht lassen."

Bevor der Engel seiner Besorgnis in weiteren Worten Ausdruck verleihen konnte, wurde er von einem Engelkollegen unterbrochen, zu dessen Aufgaben es einmal gehört hatte, eine Bibliothekarin beim Aufbau einer psychologischen Buchabteilung zu inspirieren: „Mental – in der Tat! Die Überbeanspruchung der menschlichen Psyche durch permanente Reizüberflutung ..."

Doch weiter kam er nicht. „Leute, das ist doch logistisch gar nicht darstellbar." Dieser Einwurf stammte von einem Engel, der ein Faible für das Transportwesen hatte.

„Und außerdem ist mehr als eine Geburt in einem Jahr schon rein biologisch ...", hüstelte der gesundheitsbewusste Engel und lief rot an.

Die Stimmung schien zu kippen. Doch so schnell wollten die Befürworter eines Sommer-Weihnachten nicht aufgeben.

„Im Sommer ist doch Reisezeit. Warum also Weihnachten nicht unter Palmen feiern?" Der Reiseengel – seine eigene jährliche Kilometerleistung war beachtlich, was unter anderem an seinen leicht ausgefransten Flügelspitzen abzulesen war – redete sich in Stimmung: „Christmas an der Copacabana!"

„Und Caipirinha statt langweiligem Punsch", warf ein Engel ein, dem an seiner roten Nase anzusehen war, dass er bereits etliche Gläschen Met zu sich genommen hatte.

„Ja, und Christmas-Shopping", ergänzte der Trendengel, für den „Konsumterror" und „Ressourcenverschwendung" offensichtlich Fremdworte waren.

„Wenn ich allein an die Geschenkalternativen denke", ergriff wieder der wirtschaftsfreundliche Engel das Wort. „Bademode und Campingausrüstungen!"

„Und überhaupt Outdoor – das ist absoluter Trend!"

„Und für die Kleinen eine Hüpfburg!"

„Ja genau, Childrotainment, damit die armen Eltern mal zur Ruhe kommen!"

„Die kulinarische Seite wirft allerdings Fragen auf", ließ sich jetzt wieder ein Zweifler vernehmen, „so eine Weihnachtsgans ist doch bei Hitze viel zu schwer."

„Schon rein ernährungsphysiologisch bedenklich", versuchte der Gesundheitsengel seine Scharte mit der mehrfachen Geburt wieder auszumerzen.

„Ihr wollt doch nicht etwa an Weihnachten grillen?", stöhnte der Bedenkenträger-Engel völlig entsetzt.

„Wollen wir weiße Weihnachten? Wir wollen weiße Wurst!“ – die Marketinganstrengungen des Trendengels ließen doch arg zu wünschen übrig.
„Wow, wirklich? Wie witzig!“, ahmte ein verdrießlich blickender Engel die Alliteration nach, freilich auch nicht gelungener.
„Summer-Christmas-Cooking – das hat Potenzial“ – der wortgewandte Engel war ganz hingerissen von seinem Einfall.
„Ist für all diese Fragen nicht der Erzengel Gabriel zuständig?“, mahnten einige zur Besonnenheit, denn ihm oblag schließlich die Organisation des gesamten Weihnachtsfestes. Doch ihr Aufruf zur Mäßigung verhallte ungehört. Immer hektischer wurden Argumente ausgetauscht, alle Engel redeten wild durcheinander, der eigene Nachbar war kaum noch zu verstehen. Der Versuch der Traditionalisten, die Situation durch Anstimmen des Weihnachtsoratoriums zu befrieden, scheiterte kläglich, denn die Sommer-Weihnachtsfraktion hielt mit dem Schlachtruf „Rudi, the rednosed Reindeer“ dagegen. Die Diskussion wurde noch hitziger, es kündigten sich bereits erste Handgreiflichkeiten an.
„Sollten wir vielleicht abstimmen?“, fragte ein besonders unschlüssiger Engel.
„Abstimmen“ – das Wort sprang von Mund zu Mund

und schließlich skandierten alle Engel laut: „Abstimmen! Abstimmen! Abstimmen!“
Was für ein Albtraum!
„Gabriel? Gabriel?!“ Erschrocken riss Gabriel die Augen auf. Besorgt sah ihn Erzengel Michael an.
„Ist alles in Ordnung bei dir?“
„Ja, ja“, stöhnte Gabriel und ließ seinen Blick über die Engel schweifen, die artig an ihren Keksen knabberten , sich leise unterhielten und ab und zu ein Schlückchen Nektar zu sich nahmen.
„Ich muss wohl kurz eingenickt sein und schlecht geträumt haben. Es war ja auch eine wahrlich anstrengende Weihnachtssaison und ich muss mich dringend erholen. Wie gut, dass erst in einem Jahr wieder Weihnachten ist!“

20

Weihnacht mit Sorbas

Nikos Kazantzakis

„Wer hat dieses Labyrinth der Ungewissheit geschaffen, diesen Tempel der Anmaßung, diesen Sündenkrug, dieses Schlachtfeld der tausend Ränke, dieses Tor der Hölle, diesen randvollen Korb der Bosheiten, dieses honiggleiche Gift, diese Erdenfessel der Sterblichen: die Frau?“ Ich saß neben dem Kohlenbecken und schrieb langsam und bedächtig diesen buddhistischen Gesang ab. Ich bemühte mich heftig, mit allerlei Bannformeln mir einen regennassen Leib mit wogenden Hüften aus dem Sinn zu schlagen, der in diesen Winternächten durch die feuchte Luft geisterte. Ich weiß nicht, wie es kam: Gleich nach dem Einsturz der Stollen, bei dem mein Lebensfaden plötzlich zu reißen drohte, spukte die Witwe in meinem Blut. Sie rief nach mir wie ein Raubtier, herrisch und vorwurfsvoll: „Komm, komm! Das Leben ist wie der Blitz, komm schnell! Komm, ehe es zu spät ist!“ Ich wusste, dass es Mara war, der Geist des Bösen in der Gestalt des Frauenleibs mit den üppigen Hüften.

Ich kämpfte dagegen an. Ich hatte mich hingesetzt, meinen Buddha zu schreiben, genau wie die Wilden in ihren Höhlen mit spitzen Steinen oder Farben die Raubtiere einritzen oder malen, die beutehungrig draußen umherschleichen. Auch sie halten, was sie bewegt, im Bild – an den Felswänden – fest, damit es nicht über sie herfällt und sie verschlingt.
Seit dem Tage, an dem ich beinahe zerquetscht worden wäre, glitt die Witwe durch die glühende Luft meiner Einsamkeit und winkte mir wollüstig aus den Hüften zu. Am Tage war ich stark, mein Geist war wach, ich brachte es fertig, sie zu vertreiben. Ich schrieb, in welcher Gestalt der Versucher zu Buddha kam, wie er sich als Frau verkleidete und sich mit den steilen, harten Brüsten auf seine Knie lehnte, wie dann Buddha die Gefahr erkannte, seine ganze Existenz in den Kampf warf und den Versucher vernichtete. Auch ich konnte ihn vernichten. Ich schrieb und fühlte mich bei jedem Satz erleichtert. Ich schöpfte Mut, ich spürte, wie der Versucher vor der allmächtigen Zauberformel des Wortes die Flucht ergriff. Aber während ich mich über Tag tapfer nach Kräften herumschlug, streckte nachts mein Geist die Waffen, die inneren Tore öffneten sich, und die Witwe trat ein.
Morgens erwachte ich erschöpft und zerschlagen, und der Kampf setzte von Neuem an. Ab und zu hob

ich den Kopf, wenn das Licht mit dem sinkenden Tag die Flucht ergriff und Dunkel mich plötzlich anfiel. Die Tage wurden kürzer, das Weihnachtsfest nahte, ich verfolgte diesen ewigen Kampf in den Lüften und sprach mir zu: Ich bin nicht allein; eine Großmacht, das Licht, kämpft wie du, unterliegt und siegt und verzweifelt nicht. Mit ihr im Bunde werde ich siegen! Es schien mir – und das ermutigte mich sehr –, dass auch ich einem allumfassenden Rhythmus gehorchte, wenn ich mit der Witwe rang. Da will nun, sagte ich mir, die listige Materie diesen Körper sanft unterjochen und die freie Flamme löschen, die in ihm lodert. Und ich dachte: Gott ist die unzerstörbare Macht, die die Materie in Geist verwandelt. Jeder Mensch hat in sich ein Stück dieses göttlichen Wirbels, deshalb gelingt es ihm, Brot, Wasser und Fleisch in Gedanken und Tat zu verwandeln. Sorbas hat recht: „Sage mir, was du aus dem machst, was du isst, und ich sage dir, wer du bist!" Ich bemühte mich also, das heiße Verlangen des Fleisches in Buddha zu verwandeln. „Woran denkst du? Was bedrückt dich, Chef?", sagte Sorbas zu mir am Heiligen Abend. Er merkte, mit welchem Dämon ich mich herumschlug. Ich tat so, als ob ich nicht hörte. Aber Sorbas ließ nicht so leicht locker.

„Du bist jung", sagte er, und plötzlich nahm seine

Stimme einen bitteren und zornigen Ton an, „du bist jung und kräftig, isst und trinkst gut, atmest reine Luft und speicherst Kräfte auf. Und was machst du damit? Du schläfst allein. Schade um die Kräfte! Geh hin, aber gleich heute Abend, verliere keine Zeit! Alles auf der Welt ist so einfach. Wie oft soll ich dir das sagen! Mach nicht alles so schwierig!“ Ich hatte das Buddhamanuskript vor mir aufgeschlagen und blätterte darin. Ich hörte Sorbas' Worte und wusste, dass sie mich auf einen sehr sicheren, sehr menschlichen Weg wiesen. Auch sie stammten aus dem Geiste Maras, des listigen Kupplers.

Ich hörte ihn schweigend an. Ich war entschlossen zu widerstehen. Langsam durchblätterte ich das Manuskript und pfiff dabei, um meine Unruhe zu verbergen. Aber Sorbas, der sich über mein Verstummen ärgerte, ließ nicht ab zu schüren. „Heute Abend ist Weihnachten. Mach dich auf die Socken, ehe es zur Kirche geht! Heute Abend wird Christus geboren, tu auch dein Wunder, Chef!“

Ich erhob mich gereizt. „Schluss damit, Sorbas! Jeder Mensch geht seinen eigenen Weg, genau wie jeder Baum seine Eigenart hat. Hast du jemals den Feigenbaum ausgescholten, weil er keine Kirschen trägt! Dann schweige bitte! Es ist gleich Mitternacht, lass uns zur Kirche gehen, damit wir auch sehen, wie

Christus geboren wird.“ Sorbas zog seine dicke Wintermütze tief über den Kopf.
„Gut“, sagte er verdrießlich, „gehen wir! Aber das sollst du wissen: Gott wäre mit dir zufrieden, wenn du heute Abend zur Witwe gegangen wärest wie der Erzengel Gabriel. Wenn Gott denselben Weg gegangen wäre wie du, wäre er niemals zu Maria gekommen, und Christus wäre niemals geboren worden. Wenn du mich nach Gottes Weg fragst, würde ich dir sagen: der Weg zu Maria. Maria ist die Witwe.“
Er wartete vergebens auf eine Antwort. Polternd öffnete er die Tür, wir traten ins Freie. Wütend stieß er seinen Stock auf die Kiesel.
„Jawohl“, wiederholte er hartnäckig. „Maria ist die Witwe.“
„Ziehen wir los“, sagte ich, „und schrei nicht so!“
Wir schritten in der Winternacht kräftig aus. Der Himmel war von vollkommener Klarheit, die Sterne funkelten groß und nah und hingen wie Feuerbälle in der Luft. Die Nacht schien, während wir am Strande dahinzogen, wie ein Raubtier zu brüllen, das sich am Ufer ausgestreckt hatte. Von heute ab, dachte ich, nimmt das Licht, das der Winter in die Enge trieb, wieder zu, als werde es heute Nacht mit dem göttlichen Kinde zusammen geboren.

Alle Bauern hatten sich schon in dem warmen, duftenden Bienenstock der Kirche dicht zusammengedrängt. Vorne die Männer, hinten die Frauen, mit gefalteten Händen. Der Pope Stephanos, um Haupteslänge alle überragend, vom vierzigtägigen Fasten abgemagert, lief im goldenen Messgewand mit großen Schritten hin und her, schwang sein Rauchfass, sang aus vollem Halse und konnte kaum den Augenblick erwarten, bis Christus geboren wurde, um nach Hause zu gehen und sich auf fette Suppe, auf die Würste und auf das Geselchte zu stürzen ...

Hätte die Verkündigung gelautet: „Das Licht ist heute geboren“ statt „Der Heiland ist heute geboren“, das menschliche Herz wäre nie so ergriffen worden. Die Idee wäre nicht zur Legende geworden und hätte die ganze Welt erobert. Sie hätte ein normales natürliches Phänomen bezeichnet und keinen Umschwung in unserer Fantasie oder, richtiger, in unserer Seele hervorgerufen.

Aber das Licht, das im Herzen des Winters geboren wird, ist zum Kinde geworden und das Kind zu Gott, und seit zwei Jahrtausenden hegt ihn unsere Seele am Busen und stillt ihn ...

Kurz nach Mitternacht nahm die mystische Feier ihr Ende. Christus war geboren, und die Bauern eilten hungrig, glücklich nach Haus, um zu schmausen und bis ins Innerste ihres Leibes das Mysterium der Inkarnation zu erleben. Der Leib ist die feste Grundlage. Allem voran das Brot, das Fleisch und der Wein. Ohne Brot, Fleisch und Wein kann Gott nicht entstehen.

Die Sterne leuchteten, groß wie Engel, über der schneeweißen Kuppel der Kirche, die Milchstraße ergoss sich von einem Ende des Himmels zum anderen, ein grüner Stern funkelte wie ein Smaragd über uns.

„Glaubst du“, sagte Sorbas, „dass Gott Mensch wurde und in einem Stall zur Welt kam? Glaubst du das, oder hältst du das für Schwindel?“ „Darauf kann man schwer antworten, Sorbas. Ich glaube es und glaube es auch nicht. Und du?“

„Was soll ich dir sagen! Wie soll sich da einer auskennen? Als ich noch ein kleiner Bengel war und meine Großmutter mir Märchen erzählte, hielt ich alles für Unsinn. Und doch zitterte ich vor Aufregung, ich lachte und weinte, als ob ich es glaubte. Als mir dann der Bart wuchs, warf ich alle diese Märchen zum alten Eisen und machte mich sogar lustig darüber. Aber jetzt, auf meine alten Tage, bin ich kindisch geworden und glaube wieder daran ... Was für ein komisches Geschöpf ist doch der Mensch!“

Geschenke sollen Freude machen

Ephraim Kishon

Damit Klarheit herrscht: Geld spielt bei uns keine Rolle, solange wir noch Kredit haben. Die Frage ist, was wir einander zu den vielen Festtagen des Jahres schenken sollen. Wir beginnen immer schon Monate vorher an Schlaflosigkeit zu leiden. Der Plunderkasten „Zur weiteren Verwendung“ kommt ja für uns selbst nicht in Betracht. Es ist ein fürchterliches Problem.
Vor drei Jahren, zum Beispiel, schenkte mir meine Frau eine komplette Fechtausrüstung und sie bekam von mir eine zauberhafte Stehlampe. Ich fechte nicht.
Vor zwei Jahren verfiel meine Frau auf eine Schreibtischgarnitur aus karrarischem Marmor – samt Briefbeschwerer, Brieföffner, Briefhalter und Briefmappe –, während ich sie mit einer zauberhaften Stehlampe überraschte. Ich schreibe keine Briefe.
Voriges Jahr erreichte die Krise ihren Höhepunkt, als ich meine Frau mit einer zauberhaften Stehlam-

pe bedachte und sie mich mit einer persischen Wasserpfeife. Ich rauche nicht.
Dieses Jahr trieb uns die Suche nach passenden Geschenken beinahe in den Wahnsinn. Was sollten wir einander noch kaufen? Gute Freunde informierten mich, dass sie meine Frau in lebhaftem Gespräch mit einem Grundstücksmakler gesehen hätten. Wir haben ein gemeinsames Bankkonto, für das meine Frau auch allein zeichnungsberechtigt ist. Erbleichend nahm ich sie zur Seite:
„Liebling, das muss aufhören. Geschenke sollen Freude machen, aber keine Qual. Deshalb werden wir uns nie mehr den Kopf darüber zerbrechen, was wir einander schenken sollen. Ich sehe keinen Zusammenhang zwischen einem Feiertag und einem schottischen Kilt, den ich außerdem niemals tragen würde. Wir müssen vernünftig sein, wie es sich für Menschen unseres Intelligenzniveaus geziemt. Lass uns jetzt ein für alle Mal schwören, dass wir einander keine Geschenke mehr machen werden."
Meine Frau fiel mir um den Hals und nässte ihn mit Tränen der Dankbarkeit. Auch sie hatte an eine solche Lösung gedacht, hatte nur nicht gewagt, sie vorzuschlagen. Jetzt war das Problem für alle Zeiten gelöst. Gott sei Dank.
Am nächsten Tag fiel mir ein, dass ich meiner Frau

zum bevorstehenden Fest doch etwas kaufen müsste. Als Erstes dachte ich an eine zauberhafte Stehlampe, kam aber wieder davon ab, weil unsere Wohnung durch elf zauberhafte Stehlampen nun schon hinlänglich beleuchtet ist. Außer zauberhaften Stehlampen wüsste ich aber für meine Frau nichts Passendes, oder höchstens ein Brillantdiadem – das Einzige, was ihr noch fehlt. Einem Zeitungsinserat entnahm ich die derzeit gängigen Preise und ließ auch diesen Gedanken wieder fallen.
Zehn Tage vor dem festlichen Datum ertappte ich meine Frau, wie sie ein enormes Paket in unsere Wohnung schleppte. Ich zwang sie, es auf der Stelle zu öffnen. Es enthielt pulverisierte Milch. Ich öffnete jede Dose und untersuchte den Inhalt mit Hilfe eines Siebs auf Manschettenknöpfe, Krawattennadeln und ähnliche Fremdkörper – ich fand nichts. Trotzdem eilte ich am nächsten Morgen, von unguten Ahnungen erfüllt, zur Bank. Tatsächlich: Meine Frau hatte 260 Pfund von unserem Konto abgehoben, auf dem jetzt nur noch 80 Aguroth verblieben, die ich sofort abhob. Heißer Zorn überkam mich. Ganz wie du willst, fluchte ich in mich hinein. Dann kaufe ich dir also den Astrachanpelz, der uns ruinieren wird. Dann beginne ich jetzt, Schulden zu machen, zu trinken und Kokain zu schnupfen. Ganz wie du willst.

Gerade als ich nach Hause kam, schlich meine Frau, abermals mit einem riesigen Paket, sich durch die Hintertüre ein. Ich stürzte auf sie zu, entwand ihr das Paket und riss es auf – natürlich: Herrenhemden. Eine Schere ergreifen und die Hemden zu Konfetti zerschneiden, war eins.

„Da – da!“, stieß ich keuchend hervor. „Ich werde dich lehren, feierliche Schwüre zu brechen!“

Meine Frau, die soeben meine Hemden aus der Wäscherei geholt hatte, versuchte einzulenken. „Wir sind erwachsene Menschen mit hohem Intelligenzniveau“, behauptete sie. „Wir müssen Vertrauen zueinander haben. Sonst ist es mit unserem Eheleben vorbei.“

Ich brachte die Rede auf die abgehobenen 260 Pfund. Mit denen hätte sie ihre Schulden beim Friseur bezahlt, sagte sie. Einigermaßen betreten brach ich das Gespräch ab. Wie schändlich von mir, meine kleine Frau, die beste Ehefrau von allen, so völlig grundlos zu verdächtigen.

Das Leben kehrte wieder in seine normalen Bahnen zurück.

Im Schuhgeschäft sagte man mir, dass man die gewünschten Schlangenlederschuhe für meine Frau ohne Kenntnis der Fußmaße nicht anfertigen könne, und ich solle ein Paar alte Schuhe als Muster bringen.

Als ich mich mit dem Musterpaar unterm Arm aus dem Haustor drückte, sprang meine Frau, die dort auf der Lauer lag, mich hinterrücks an. Eine erregte Szene folgte.
„Du charakterloses Monstrum!“, sagte meine Frau. „Zuerst wirfst du mir vor, dass ich mich nicht an unsere Abmachung halte, und dann brichst du sie selber! Wahrscheinlich würdest du mir auch noch Vorwürfe machen, weil ich dir nichts geschenkt habe ...“
So konnte es nicht weitergehen. Wir erneuerten unseren Eid. Im hellen Schein der elf zauberhaften Stehlampen schworen wir uns zu, bestimmt und endgültig keine Geschenke zu kaufen. Zum ersten Mal seit Monaten zog Ruhe in meine Seele ein.
Am nächsten Morgen folgte ich meiner Frau heimlich auf ihrem Weg nach Jaffa und war sehr erleichtert, als ich sie ein Spezialgeschäft für Damenstrümpfe betreten sah. Fröhlich pfeifend kehrte ich nach Hause zurück. Das Fest stand bevor, und es würde keine Überraschungen geben. Endlich!
Auf dem Heimweg machte ich einen kurzen Besuch bei einem mir befreundeten Antiquitätenhändler und kaufte eine kleine chinesische Vase aus der Ming-Periode. Das Schicksal wollte es anders. Warum müssen die Autobusfahrer auch immer so unvermittelt stoppen. Ich versuchte die Scherben zu-

sammenzuleimen, aber das klappte nicht recht. Um so besser. Wenigstens kann mich meine Frau keines Vertragsbruches zeihen.

Meine Frau empfing mich im Speisezimmer, festlich gekleidet und mit glückstrahlendem Gesicht. Auf dem großen Speisezimmertisch sah ich, geschmackvoll arrangiert, einen neuen elektrischen Rasierapparat, drei Kugelschreiber, ein Schreibmaschinenfutteral aus Ziegenleder, eine Schachtel Skiwachs, einen Kanarienvogel komplett mit Käfig, eine Brieftasche, eine zauberhafte Stehlampe, einen Radiergummi und ein Koffergrammophon (das sie bei dem alten Strumpfhändler in Jaffa unter der Hand gekauft hatte).

Ich stand wie gelähmt und brachte kein Wort heraus. Meine Frau starrte mich ungläubig an. Sie konnte es nicht fassen, dass ich mit leeren Händen gekommen war. Dann brach sie in konvulsivisches Schluchzen aus: „Also so einer bist du. So behandelst du mich. Einmal in der Zeit könntest du mir eine kleine Freude machen – aber das fällt dir ja gar nicht ein. Pfui, pfui, pfui. Geh mir aus den Augen. Ich will dich nie wieder sehen ..."

Erst als sie geendet hatte, griff ich in die Tasche und zog die goldene Armbanduhr mit den Saphiren hervor.

Kleiner, dummer Liebling.

22

Was die Tiere in der Heiligen Nacht miteinander sprachen

Alfons Schweiggert

Wie überall auf der Welt trafen sich in der Heiligen Nacht auch im Bayerischen Wald die Tiere. Und sie freuten sich, dass damals vor zweitausend Jahren im Stall von Betlehem auch Kollegen von ihnen dabei sein durften: der Ochs und der Esel an der Krippe, die Tauben auf dem Dach, die Schafe, die von Hirten auf dem Feld nahe beim Stall gehütet wurden, und Pferde und Kamele, mit denen die Heiligen Drei Könige gekommen waren.

„Was ist an Weihnachten eigentlich das Wichtigste?“, fragte da plötzlich der Marder.

„Also für mich ist das ein saftiger Gänsebraten“, erklärte der Fuchs, „was wäre denn Weihnachten ohne Gänsebraten?“

„Schnee“, fiel ihm da der Schneehase ins Wort, „viel Schnee! Es gibt nichts Schöneres als weiße Weihnachten.“

„Ich brauche unbedingt einen Tannenbaum“, seufzte das Reh, „sonst kann ich das Weihnachtsfest einfach nicht richtig feiern.“
„Aber bitte mit vielen Kerzen“, schwärmte der Uhu, „sie verbreiten ein so schummriges und gemütliches Licht. Das gibt Stimmung, und Stimmung ist für mich die Hauptsache.“
„Ich wünsche mir ein prächtiges neues Kleid“, forderte der Pfau, „wenn ich kein neues Kleid bekomme, dann ist für mich Weihnachten auch kein Weihnachten.“
„Und dazu wertvollen glitzernden Schmuck!“, krächzte die Elster. „Bisher habe ich an jedem Weihnachtsfest ein schönes Stück bekommen, einen Ring, ein Armband, eine Brosche oder eine Kette. Ein tolles Geschenk, das ist für mich das Allerschönste an Weihnachten.“
„Für mich“, gähnte der Dachs, „heißt Weihnachten: faulenzen, faulenzen und nochmals faulenzen. Nichts geht doch über Ruhe in einer warmen Höhle und schlafen, schlafen, schlafen! Schließlich ist Weihnachten doch das Fest der Ruhe und Stille.“
„Aber eines dürft ihr nicht vergessen, einen leckeren Stollen“, brummte der Bär, „Plätzchen und Stollen sind doch die Hauptsache. Wenn es keine süßen Sachen gibt, verzichte ich auf Weihnachten.“

„Und saufen", ergänzte der Ochse, „mal richtig nach Herzenslust saufen".

„Au!", brüllte er plötzlich, denn der Esel hatte ihm einen heftigen Tritt versetzt. „Alter Ochse", schimpfte der Esel, „denkst du denn gar nicht an das Kind?" Beschämt senkten da der Ochse und nacheinander auch die anderen Tiere den Kopf.

„Na klar, das Kind", murmelte das Eichhörnchen verlegen, „natürlich ist das Kind die Hauptsache ... Aber", fügte es nach einer kleinen Pause nachdenklich hinzu, „wissen das denn eigentlich auch die Menschen?"

23

Die drei Spatzen im Schnee

Christian Morgenstern

In einem leeren Haselstrauch
da sitzen drei Spatzen, Bauch an Bauch.
Der Erich rechts und links der Franz
und mittendrin der freche Hans.

Sie haben die Augen zu, ganz zu,
und obendrüber da schneit es, hu!
Sie rücken zusammen dicht an dicht.
So warm wie der Hans hat's niemand nicht.

Sie hören alle drei ihrer Herzlein Gepoch.
Und wenn sie nicht weg sind,
so sitzen sie noch.

Das harte Holz von Betlehem

Klaus Weyers

Gestern sagte eine Frau zu mir: „Predigen Sie doch bitte zu Weihnachten einmal darüber, dass es noch gute Menschen gibt!“ Das ist eine merkwürdige Bitte zu einer Weihnachtspredigt! Oder nicht? Sind gute Menschen Mangelware geworden? Es gibt heute unbestritten stapelweise kluge Menschen, gut ausgebildete Leute, gerissene Typen. Aber gute Menschen sind in unseren heutigen Lebenssystemen irgendwie nicht vorgesehen. Oder hat jemand von Ihnen im Internet ein Stellenangebot gesehen, in dem ein guter Mensch für die Leitungsfunktion eines Konzerns gesucht wird? Hier kommt natürlich die Frage: Was ist ein guter Mensch? Das ist sehr schwer zu definieren. Vielleicht geht es mit einem Beispiel. Prinzessin Diana war eine außerordentlich sozial engagierte Frau. Das ist bewundernswert. Teresa von Kalkutta hat sich bis zum Letzten hingegeben. Da versagt alles Lob und jeder Kommentar. Soziales Engagement und Hingabe bis zum Letzten sind eben nicht miteinander zu vergleichen. Wenn wir den Ort suchen, wo nicht ein Mensch, sondern Gott diese Hingabe bis zum Letzten ins Spiel bringt, dann ist das Betlehem. Da hat für uns greifbar die Hingabe begonnen, die sich im Kreuz vollenden wird. Die Engel haben die Hirten nicht nach Betlehem dirigiert, weil dort junge Leute neue Reformpläne für die Bewältigung der Weltkrise erarbeiten sollten. Die Hirten sind zur Krippe geeilt, weil dort etwas zu finden war, das es auf den Marktplätzen unserer Aktivitäten und in den Chefetagen von Politik und Wirtschaft selten gibt: die Güte. Der gute Gott schickt uns nicht einen Supermanager zur Weltproblemlösung, sondern seinen guten Sohn. Die Bibel sagt: „Erschienen ist uns die Güte und Menschenfreundlichkeit Gottes." Manchmal gehen Menschen durch unsere Gemeinden, durch unsere Städte und auch durch unsere Wirtschaft und Politik, denen man anmerkt, dass sie von der Krippe kommen. Es sind Frauen, Männer und auch Kinder, denen man den Herzschlag der Herzlichkeit anmerkt. Es sind die, deren Güte stärker ist als alle Verdrehtheit und Hinterhältigkeit. Sie kommen von Betlehem. Die Bibel sagt, dass Jesus Christus in einer Krippe lag. Das ist schon sehr ungewöhnlich, mindestens für unsere Breitengrade mit ihrer medizinischen Vollversorgung. Gott wird Mensch. Er beginnt sein Menschsein nicht in einer Spezialluxusentbindungsklinik, sondern in einer sehr armseligen Ecke der Weltgeschichte. Eine Krippe ist nach Aussagen meines griechischen Wörterbuchs ein „ausgehöhlter hölzerner Trog mit Fächern, worin den Pferden und dem Rindvieh das Futter vorgesetzt wird". Wenn Gott Mensch wird, findet er nicht einmal Aufnahme in einem UNO-Notaufnahmelager. Wir finden ihn bei den Ochsen und Eseln. Nun kommt eine Überraschung: Das griechische Wort für Krippe hat noch eine zweite Bedeutung. Es kann nämlich auch Kugellager heißen, also eine schalenförmige Aushöhlung von Hartholz, in der sich eine Kugel bewegt. Was hat Jesus mit einem Kugellager zu tun? Wir wissen, wie wichtig diese technischen Hilfsmittel für die Bewegungsabläufe sind. Ich habe einen Eisenbahnwaggon brennen sehen, weil sich bei einer Achse das Kugellager festgefressen hatte. Wenn das Kugellager nicht die Reibungsenergie auffängt, dreht sich nichts mehr. Ich habe den Eindruck, dass sich in unseren Tagen zu viel in der Weltgeschichte heiß läuft. Es ist zu spüren, wie sich in der Familie, im Betrieb, in der Wirtschaft, in der Politik und in der Kirche viel zu viel aneinanderreibt und in Hitze kommt. Wir merken, wie sich gut gemeinte und gut geplante Bemühungen um Hilfe festfressen und wie sich plötzlich nichts mehr dreht. Lassen Sie mich einmal von diesem Wort Krippe oder Kugellager ausgehen. Wenn sich die Welt heiß läuft, könnte es ja auch daran liegen, dass wir Jesus aus den Prozessen und Bewegungen dieser Welt herausgetan haben. Wenn sich die Welt mit ihren Bemühungen festfrisst, könnte es ja auch sein, dass wir die Kugellager leer geräumt haben. Dann dreht sich freilich nichts mehr. Jesus Christus ist in die Krippe gekommen, nicht, um Sand im Getriebe der Welt zu sein. Er will, dass die Weltgeschichte läuft, dass sie rund läuft. Er will, dass aus der Weltgeschichte Heilsgeschichte wird. Jedes Jahr mache ich mich in der letzten Adventswoche an die Arbeit, um die Krippe aus der Hintersakristei hervorzuholen. Es ist eine große Krippe. Sie passt nicht in einen Schuhkarton oder in eine Schublade. Das ist gut so, denn der Mensch, dieser schreckliche Praktiker, möchte zu gerne die großen Geheimnisse Gottes auf Schuhkartonformat zusammenpressen und in Schubladen verschließen. Er lässt sich nicht gerne von Großem und Herrlichem stören. Aber Gottes Liebe will uns aus unserer Kellerbaratmosphäre und unserem Speisekammerdenken herausholen. Darum gibt es den Stall von Bethlehem. Und so mache ich mich ans Werk und räume im alten Seitengang unserer Kirche alles weg, was so im Laufe des Jahres vor den Krippenstall gestapelt worden ist: Baumaterial, Plakate, Podeste, alte Lampen, Ofenkacheln, Kanthölzer und Bretter. So ist das. Immer sind wir vom Weihnachtsfest begeistert. Und immer fangen wir wenige Tage nach Weihnachten wieder an, das wunderbare Geschehen mit Maria und Josef und dem Kind in der Krippe zuzubauen. Immer wieder sind wir sehr schnell dabei, die scheinbar so wichtigen und unverzichtbaren Bauelemente unseres Lebens vor die Krippe zu stapeln. Immer wieder versperrte ich mit meinem Wohlstandsmüll den Zugang zu Betlehem und zu der Krippe. Und dann verliert man aus den Augen und dem Gedächtnis, dass über Betlehem ein Stern geleuchtet hat und dass Engel bei den Hirten gesungen haben. Auch vorgestern war die Arbeit mühsam, den Stall aus der hintersten Ecke hervorzuholen. Es kostete Kraft, die Hindernisse wegzuräumen. Ich sah etwas eingestaubt und ramponiert aus, als der Stall endlich wieder bereit war, Ochs und Esel und das Kind zu beherbergen. Gott stellt uns sein Weihnachtsfest nicht wie eine Theateraufführung vor die Nase. Ein bisschen eigenes Tun und Zupacken und Mitdenken und Schwitzen gehören dazu. Fernsehweihnachten ist nicht Bethlehemweihnachten. Jetzt steht der Stall an seinem Ort, aber das Jesuskind ist noch nicht in der Krippe. Es kommt erst in der Heiligen Nacht. Und wenn alle Besucher der Kirche sich über die leere Krippe beklagen: Wir haben alles vorbereitet, so gut wir konnten. Aber Jesus kommt nicht, wann es der Umsatz des Weihnachtsgeschäftes will, sondern wenn die Zeit des Heils erfüllt ist. Die Arbeit beim Aufbau unserer Krippe in der Kirche ist fast beendet. Manches lässt sich leicht an seinen Ort bringen, manches macht Schwierigkeiten. Wo stelle ich den Hirten mit seinem Schaf hin, damit er nicht am sechsten Januar dem König die Sicht auf das Kind in der Krippe verstellt? Es ist eine Begabung von uns, einander im Weg zu stehen und einander auf die Zehen zu treten. Das sollte wenigstens an der Krippe anders sein. Seit Neuestem gehört ein Hund zu unserer Krippe. Er stammt vom Weihnachtsmarkt auf dem Alex. Dieses Tier kommt neben das Hirtenfeuer. Wir sind kein exklusiver Klub. Es ist nicht gut, wenn wir alteingesessenen Gemeindemitglieder die Krippe so blockieren, dass Neulinge keine Chance mehr haben. Natürlich merken manche, die an unsere Krippe kommen, dass der Schäferhund nicht zum ursprünglichen Bestand gehört. Das macht nichts. Jeder, der dazukommt, hat das Recht, sich so mitzubringen, wie er ist. Das ist ja auch gar nicht anders möglich und sinnvoll. Vor einiger Zeit hat uns eine Nachbargemeinde ein Kamel zu unserer Krippe geschenkt. Da hat man so seine Probleme beim Aufbauen. Dieses Kamel beansprucht so viel Platz für sich, wie Kamele das so zu tun pflegen. Dieser Platz fehlt aber den anderen. Irgendwie wird sich das an der Krippe schon einrichten. Den Ochsen unserer Krippe hat uns ein Restaurator nachmachen müssen. Irgendwie ist der Ochse des Originalbestands unserer über hundertjährigen Krippe abhandengekommen. Auch das gehört zum Leben einer Pfarrgemeinde und zum Leben der Kirche. Nicht alle, die einmal an der Krippe gestanden haben, bleiben auch dort. Lebendige Menschen, die Jesus in der Krippe alleine lassen, sind nicht zu reproduzieren oder durch Kopien zu ersetzen. Nun kommt mein Spezialhirte an die Reihe. Der verliert jedes Jahr seinen Daumen. Den braucht er aber, um den Hirtenstab zu halten. Also muss ich jedes Jahr auch gleich eine Tube Alleskleber bereithalten und den Daumen wieder ankleben. Dann wird die Klebestelle mit Filzstift nachgemalt, damit sie nicht auffällt. Da haben wir es: Jedes Jahr stehe ich an der Krippe und verspreche Jesus, anders zu werden. Und im nächsten Jahr stehe ich wieder vor der Krippe mit denselben Brüchen in meinem Leben, mit denselben Unmöglichkeiten meiner Existenz, mit denselben Schwachstellen meines Glaubens, mit denselben Sünden. Und Jesus hält das aus. Er schickt mich nicht weg, sondern sagt: Komm her! Bei der ersten Weihnacht gab es weder Feier noch Empfangskomitee. Es standen weder Christbäume in der Gegend der Krippe, noch roch es nach Weihrauch wie in den Kirchen zur Mitternachtsmesse. Wonach roch es eigentlich? Was hat Jesus gerochen, als er das erste Mal in seinem Leben bei uns die Welt zu erschnuppern begann? Die Welt ist gut mit der Nase zu erkunden. Der Berliner Fernsehturm hat einen ganz anderen Geruch als die Berliner U-Bahn. Das KDW riecht anders als das Pergamonmuseum. Jesus hat natürlich alle diese Gerüche nicht wahrgenommen. Er roch etwas ganz anderes, nämlich Stall und Tier. Ich habe in meiner Kindheit Schafe und Ziegen gehütet. Von Parfüm ist da keine Rede. Es riecht nicht gut in der Welt, in die der Gottessohn kommt. Es ist dicke Luft in der Welt, in die uns Gott seinen Sohn sendet, damals wie heute. Wir haben Jesus nicht mit Rosenduft empfangen und noch nicht einmal mit dem kräftigen Geruch einer gut zubereiteten Mahlzeit. Es roch im Stall eben nach Stall, und das ist der Geruch von Schweiß, von einem kokelnden Feuer, von Tierausdünstungen und der Nässe auf den alten Balken. Wir würden unsere Nase nicht freiwillig in so etwas hineinstecken. Wir würden uns die Nase zuhalten, wenn es nicht gut riecht. Sagen wir es kräftiger und deutlicher: wenn es stinkt. Wir würden den schlechten Geruch mit einem Deodorant vertreiben oder zumindest überlagern. Jesus sortiert die Welt nicht nach angenehmen und unangenehmen Gerüchen. Jesus hält sich nicht die Nase zu vor dem Gestank, den die Menschheitsgeschichte verströmt. Der Mensch gewordene Gottessohn ist da, wo es qualmt. Er tut das, weil er uns riechen kann. Wir bekommen von ihm nicht den Befehl, schleunigst zu verduften. Später in seinem Leben wird Jesus Christus dann mit dem Geruch des Todes konfrontiert werden, als sein Freund Lazarus schon drei Tage im Grabe liegt. Man wird Jesus vor diesem Todesgeruch warnen: Herr, er riecht schon. Aber der Herr wird auch mit diesem Extremgeruch fertig. Wo Jesus ist, hat man wieder Luft zum Atmen und Duft zum Schnuppern. Wir dürfen uns auf den Duft von Weihnachten freuen. Er ist die Ankündigung der nicht zu fassenden Tatsache, dass die ganze Welt einmal Duft sein wird. Wir werden dann uns alle riechen können. Es ist vier Tage vor Weihnachten, und die Frauen und Männer bei den Herden von Betlehem wissen noch nicht, dass sie zu Jesus gehen sollen. Es ist dunkle Nacht über den kargen Weiden von Betlehem, und keiner spürt, dass die dunkle Nacht strahlend hell unter dem Glanz der Engel sein wird. Vier Tage vor Weihnachten ahnen weder Ochs noch Esel noch Schafbock noch Ziege, dass der Gottessohn kommt. Der Stall ist da, aber keiner kann vermuten, dass er in vier Tagen zum berühmtesten Stall der Weltgeschichte wird. Die Szene des Beginns der Erlösung der Welt ist aufgebaut. Das große Spiel der Liebe Gottes zu uns kann beginnen. Doch Mensch und Tier und Baum und Stein sind ahnungslos. Und auch die religiös zuständigen Spezialisten, als da sind Priester und Propheten, merken nichts. So ist das. Gott geht auf uns zu, weil er uns aus unseren Egoismen und Sinnlosigkeiten herausholen will. Aber in uns regt sich nicht die leiseste Ahnung, dass es einen Gott geben könne, der sich total an uns verschenkt. Gott wird uns in vier Tagen mit den Augen seines Sohnes Jesus Christus anschauen. Aber unsere Augen kleben an den Bildschirmen der Fernseher und an den Mattscheiben der Computer. Wir ahnen nichts und wollen nichts ahnen. Wir spüren nicht und wollen nichts spüren. Die Krippendarstellungen in den Schaufenstern bringen nicht mehr zum Nachdenken. Die ersten von ihnen habe ich schon Ende Oktober gesehen. Das macht nicht froh. Doch sollten wir nicht zu pessimistisch sein. Gott hat es geschafft, mit der Geburt seines Sohnes die Hirten aus ihrer Ahnungslosigkeit herauszuholen. Er hat es geschafft, in Betlehem die Szene der alltäglichen Vergesslichkeiten und Beschäftigtheiten aufzubrechen, und zwar ohne Vorankündigung und Vorwarnung. So einfach aus dem Stand. Gott kommt, wenn keiner mit ihm rechnet. Gott kommt, wenn ich gerade mit etwas total anderem, etwas ganz und gar nicht Religiösem, etwas geradezu Nebensächlichem beschäftigt bin. Ich werde keine Zeit mehr haben, mir die Haare zu kämmen, mir ein Gebetbuch zu suchen, mir einen Platz der Stille zu sichern. Wenn es die Schafe und die Ochsen und die Esel gemerkt haben, werde ich es auch merken. Er wird da sein.

INHALTSVERZEICHNIS

1. *Christian Seltmann:* Ein Rentier sucht Weihnachten 6
2. *Joseph Roth:* Weihnachten moderner Junggesellen 14
3. *Axel Hacke:* Im Elektrokaufhaus 18
4. *Peter Biqué:* Der frisierte Weihnachtsbaum 22
5. *Hans Fallada:* Der gestohlene Weihnachtsbaum 25
6. *Jan Weiler:* Der Nikolaus war da! 35
7. *Kurt Tucholsky:* Himmlische Nothilfe 43
8. *Kurt Tucholsky:* Gefühle nach dem Kalender 47
9. Hochzeit im Winter 52
10. *Hans Fallada:* Der parfümierte Tannenbaum 55
11. *Joseph Roth:* Verschneite Welt 58
12. *Salomo Friedländer:* Das Weihnachtsfest des alten Schauspielers Nesselgrün 61
13. *Gustav Freytag:* Wenn die Lichter brannten 65
14. *Paula Dehmel:* Vom Feuermännchen und der Maus Grisegrau 68

15. *Dietmar Jaegle:* Die fast entfleuchte Weihnachtsgans – Nach einem Schwank aus dem Rheinland 74
16. *Hans Fallada:* Christkind verkehrt 79
17. F. *D. E. Schleiermacher:* Besuch einer Christmesse 82
18. *Marie von Ebner-Eschenbach:* Das Weihnachtsfest war nahe 86
19. *Alexander Vorländer:* Weihnachten mal anders 91
20. *Nikos Kazantzakis:* Weihnacht mit Sorbas 98
21. *Ephraim Kishon:* Geschenke sollen Freude machen 105
22. *Alfons Schweiggert:* Was die Tiere in der Heiligen Nacht miteinander sprachen 111
23. *Christian Morgenstern:* Die drei Spatzen im Schnee 114
24. *Klaus Weyers:* Das harte Holz von Bethlehem 115

Quellennachweis

Christian Seltmann, Ein Rentier sucht Weihnachten, aus: Christian Seltmann. Ralf-Rüdiger. Ein Rentier sucht Weihnachten. Copyright © Arena Verlag GmbH, 2013/2024 Würzburg, mit freundlicher Genehmigung vom Arena Verlag.

Axel Hacke, Im Elektrokaufhaus, aus: Axel Hacke, Alle Jahre schon wieder © Verlag Antje Kunstmann, München 2009.

Peter Biqué, Der frisierte Weihnachtsbaum © Alle Rechte beim Autor.

Jan Weiler, Der Nikolaus war da! Auszug aus: ders. Berichte aus dem Christstollen. Erschienen 2012 in der Rowohlt Verlag GmbH, Hamburg. Copyright © Alle Rechte beim Autor.

Dietmar Jaegle, Die fast erleuchtete Weihnachtsgans, aus: Reclams LeseBescherung. Geschichten zur Weihnacht. Zusammengesetzt von Nikolas B. Engel. Seite 33-36 ,2000 Philipp Reclam jun. GmbH & Co. KG, Stuttgart © Alle Rechte beim Autor.

Alexander Vorländer, Weihnachten mal anders, aus: Alexander Vorländer, Himmlische Weihnachten, Verlag Herder, Freiburg 2017 © privat.

Nikos Kazantzakis, Weihnacht mit Sorbas, Mit freundlicher Genehmigung des Langen Müller Verlags, Kazantzakis, Alexis Sorbas © 1982 F.A. Herbig Verlagsbuchhandlung GmbH, München, aus dem Griechischen von Alexander Steinmetz und Isidora Rosenthal-Kamarinea.

Ephraim Kishon, Geschenke sollen Freude machen, aus: Ephraim Kishon, Beste Familiengeschichten, © 1962 by Langen Müller in der F.A. Herbig Verlagsbuchhandlung GmbH, München.

Alfons Schweiggert, Was die Tiere in der Heiligen Nacht miteinander sprachen, aus: ders. (Hrsg), Das Christkind im Winterwald. Weihnachtsmärchen aus Bayern. 2007 Verlagsanstalt Bayerland GmbH, Dachau © Alle Rechte beim Autor. Alfons Schweiggert, München.

Klaus Weyers, Das harte Holz von Betlehem © Alle Rechte beim Autor.

Wir danken allen Rechtinhabern für die freundlich erteilte Abdruckerlaubnis. Der Verlag hat sich bemüht, alle Rechteinhaber in Erfahrung zu bringen. Für zusätzliche Hinweise sind wir dankbar.